COLLECTION FOLIO

Jean Hatzfeld

Où en est la nuit

Gallimard

Né à Madagascar, Jean Hatzfeld est écrivain et journaliste. Plusieurs de ses romans et récits lui ont été inspirés par sa longue expérience de correspondant de guerre. Il a reçu le prix Médicis en 2007 pour *La stratégie des antilopes.*

1

La première pensée de Frédéric lorsque le camion stoppa le long d'un pan de mur déchiqueté, que l'on apercevait noirci à travers une bourrasque de sable, fut qu'il serait difficile de commencer sa journée par un de ces cafés crème dont il se régalait depuis plusieurs jours. Il se trompait.

Le vent soufflait de plus belle, le sable fouettait son visage. Il n'avait cessé de la nuit, tout au long de la piste ; la vitesse du véhicule et les rebords de la benne en avaient seulement atténué la brutalité. Une poussière grise tourbillonnante brouillait la lumière jaune de l'aube. À peine Frédéric eut-il sauté à terre qu'elle recouvrit ses vêtements, lui piqua les yeux.

D'abord ombre étrange, la silhouette d'un âne tirant une carriole sortit du nuage de poussière pour s'arrêter derrière la camionnette. Deux militaires grimpèrent dessus et se mirent à transbahuter les caisses qui avaient accompagné

Frédéric pendant le voyage ; l'un d'eux lui tendit son sac qu'il arrima à son épaule. Il distinguait des bâtiments de part et d'autre d'une place qui n'en était pas une, plutôt un terrain aplani où il devinait, au bout, un monticule cerclé de lignes noires qui pouvaient être des fils barbelés. Pour échapper à l'énervement du vent autant que pour détendre ses jambes ankylosées, il s'apprêtait à se diriger vers n'importe lequel des bâtiments, quand une main s'appuya sur son bras. Un militaire qu'il n'avait pas entendu approcher lui dit en anglais : « Vous êtes le Français ? Le capitaine veut vous parler. Ce n'est pas loin. »

Le capitaine l'attendait au volant d'une camionnette ; il l'invita à monter à bord et lui dit, en français :

« Je ne sais pas si vous êtes le bienvenu ici, mais vous êtes bel et bien venu. » Plus tard, quand Frédéric osera lui demander en quelle occasion il avait appris le français, il lui répondra que la mort, à la bataille de Garigliano, de son grand-père, sergent dans le 1er Régiment d'artillerie coloniale, lui avait valu une bourse de pupille au centre d'apprentissage de la Gendarmerie nationale de Rochefort, en Charente-Maritime.

« Rien ne bouge dans le désert, sauf la météo et la guerre, reprit-il. Et elles, elles vont très vite. Plus vite et plus imprévisibles que partout ailleurs, parce que aucun obstacle ne freine ni le vent ni l'ennemi. Ce n'est pas la première fois que vous approchez cette frontière, je crois. Les règles sont strictes. Vous devez être fatigué, suivez ces hommes, ils vous montreront votre tente, et dormez tant que le vent dure. »

Les roues de la carriole crissaient sur la pierraille d'une pente qu'elles gravissaient tout droit en l'absence de chemin, ne déviant pas pour éviter les arbustes qu'elles écrasaient. Probablement à cause du vent, les militaires ne prononçaient pas un mot. Frédéric, qui se demandait depuis un moment ce qu'il était venu faire ici, seul, sans la compagnie de confrères, avec ce vent qui ne cessait plus, ce capitaine, cette tente qui l'attendait et que d'avance il ne supportait pas, se sentit brusquement accablé. Mais cette sensation l'amusa, le renvoyant à d'autres premiers matins de voyage où il s'était ainsi maudit d'avoir atterri dans un endroit inconnu. Il se mit à maugréer à haute voix, dans le vent, certain de ne pas être entendu, quand, en bas d'une butte, apparurent des chameaux ; une multitude, immobiles, aussi beiges que le sable, comme statufiés, si nombreux que les silhouettes des plus éloignés disparaissaient dans les tourbillons de poussière. Ces chameaux se tenaient raides entre des palmiers qui se tordaient dans les rafales, allongés sur leurs pattes repliées, corps serrés les uns contre les autres, tête hautaine ou stoïque dans les bourrasques pour certains, plus fatalistes, le cou et la tête posés à plat sur le sol pour les autres. Cette assemblée animale raviva aussitôt la bonne humeur de Frédéric.

C'était une oasis tapie au creux des dunes, une palmeraie où des murets en pierre délimitaient des courettes. Au passage de la première, les effluences de fourrage et de fumier secs suggéraient l'idée d'un enclos à bétail. Derrière la deuxième, dans un coin où tourbillonnait la fumée d'un feu, un groupe d'hommes, affalés sur des tapis ou des banquettes de camions, semblait attendre le nouveau venu. L'âne stoppa la carriole. Après des salutations écourtées par le bruit du vent, les militaires s'assirent à leur tour le long du mur, Frédéric les imita. C'est à ce moment qu'il savoura comme jamais la première gorgée d'un café crème, apporté dans la minute par une fillette. Comme il ne cessait de brasser la mousse beige avec sa cuillère, la mine interloquée, l'un des hommes rompit le silence pour lui préciser : « *Buna bewetet* : lait de chamelle, c'est le moka harari, le café de bienvenue. »

En haut, sur la dune, à l'abri de haies de cactus, on apercevait des tentes de nomades, en rien semblables aux tentes militaires qu'avait redoutées Frédéric. Rondes, en raphia tressé, comme il en avait vu sur la piste, elles étaient calottées de pans de tissus multicolores pâlis par le soleil ou le sable. Lui fut assignée la plus exiguë, sans doute celle d'un berger, puisque mitoyenne d'un bercail où somnolaient des chèvres. Dedans, on y respirait une odeur froide de brûlé en provenance de l'âtre, mêlée à celle de beurre rance et d'une sorte d'encens. On y ressentait surtout le calme. La terre damée du sol avait été balayée, des outres d'eau étaient suspendues à la poutre transversale. Frédéric avala un peu d'eau saumâtre, posa son sac et s'allongea sur une natte, les mains jointes sous la nuque, ravi ; le vent toujours rugissant qui faisait craquer les palmiers, enfin, ne pouvait plus l'atteindre.

Il s'éveilla en sursaut, trempé de transpiration mais, plus que la chaleur, c'était une multitude de sons qui l'avaient tiré de son sommeil. Des voix de femmes bavardes, à proximité de la tente ; plus loin un charivari d'animaux, dans lequel il reconnut bêlements de chèvres et blatèrement de chameaux dont il n'allait plus se lasser, chants d'oiseaux aussi et, après un instant, il perçut, très distant, énigmatique, un martèlement lourd, vibrant dans l'air à un rythme régulier.

Dehors, dans un air bleu, nettoyé de la brumaille poussiéreuse, le désert de Somalie s'étendait à perte de vue, plus exactement jusqu'à un horizon incandescent sous la chaleur. Sur une terre plate et gravelée de pierrailles noires, tachée d'un gris siliceux, perturbée par des pinacles érodés, s'élevait au loin une montagne noire tel un météore posé par une main divine.

C'est de là-bas que venaient les explosions sourdes. Frédéric s'étonna de n'avoir pas identifié immédiatement les instigateurs de ce martèlement. À chaque détonation, s'élevaient des volutes de fumée, vite dissoutes par la chaleur. En clignant des yeux, on pouvait discerner l'alignement des canons de tanks ensevelis jusqu'à la tourelle dans le sable. C'était la première fois que Frédéric venait sur ce tronçon du front, situé le plus au sud.

Frédéric ne fut emmené sur la ligne de front que le lendemain. Sur la piste, filaient deux sillons creusés par les chenilles des tanks, qui franchissaient l'étendue de pierraille vers la petite montagne. Au bord, reposaient des squelettes de bétail qui avaient fini de blanchir, comme dans les déserts de westerns, et qui tenaient compagnie à des carcasses de véhicules rongées par la rouille. Des tertres s'étaient affaissés, sapés par les bourrasques ; des pyramides basaltiques penchaient docilement dans le sens des vents les plus forts. Les tanks qu'il avait aperçus étaient protégés par des parapets. Des cahutes enfouies dans le sable abritaient des caisses. Les détonations stridentes des obus tirés par les tanks rendaient comique toute tentative de concertation entre les militaires qui s'activaient derrière les engins ou entre les abris et les camions. Il s'attendait à cette ambiance de tranchées ensablées, stagnante pendant des mois, parfois des années. Il jubilait cependant d'être parvenu à se rendre si loin dans cette guerre, de se retrouver isolé, par cette chaleur, d'avoir à l'écrire une nouvelle fois.

Chaque matin, Frédéric partageait le café crème mousseux avec les éleveurs de l'oasis. Il blaguait avec le cheikh, palabrait avec ceux qui lui proposaient inlassablement d'échanger son ordinateur contre un de leurs ânes, répondait aux questions pointilleuses des uns et des autres sur les manies des Blancs, les coutumes des chrétiens ou les mœurs des Français. Puis il descendait dans la rue.

Un jour, assis devant l'un des bâtiments, les bombardements n'ayant pas encore débuté, il contemplait la quiétude du désert dans sa lumière rasante. La plaine brune d'où s'élevaient au loin les pinacles fantomatiques, la montagne noire sur son tapis de brume, les chameaux tanguant en file derrière des femmes qui les tiraient par le licol captivaient son attention, sans toutefois l'empêcher d'être intrigué par un militaire en faction sur une chaise, à quelques mètres. Car lui aussi posait son regard en alternance sur le désert et sur lui, comme s'il hésitait à l'apostropher. Vêtu d'un uniforme en treillis gris et bleu, la kalachnikov sur les genoux, il ne cessait de plier et déplier ses jambes au bout desquelles pesaient des godillots trop grands. Une expression subtile distinguait son visage émacié qu'accentuaient un nez aquilin, un grand front bombé très éthiopien et une fine moustache. Au bout d'un moment, il lança à Frédéric : « Et comment va la France ? Et la Seine ? Vous habitez Paris ?

— Pas trop mal, je suppose... Vous l'avez connue ? Comme étudiant ?

— Non, j'y vivais il n'y a pas si longtemps...

— Où cela ? demanda Frédéric, cherchant à gagner du temps pour tenter de mettre un nom sur ce visage qui, il en était certain maintenant, ne lui était pas inconnu.

— Rue Guynemer, vous voyez où elle se trouve ? Le long du jardin du Luxembourg... »

Il s'avança d'une démarche faussement engourdie, les jambes un peu raides, attitude typique des sportifs habitués aux courbatures des lendemains de compétition, puis il tendit la main à Frédéric.

« Je m'appelle Ayanleh...

— Oh, ça ! Ayanleh... Dites...Vous ne seriez pas Ayanleh Makeda... Oui, mais ? Mais qu'est-ce que vous faites là ? »

Un sourire illumina le visage de son interlocuteur.

« Vous savez donc qui je suis ?

— Vous pensez ! J'étais à Pékin pour les Jeux, j'étais même dans le stade, ce jour-là, le Nid d'Oiseau, vous pensez si je me souviens. »

Il s'en souvenait même avec précision. C'était un dimanche matin, dernier jour des jeux Olympiques, il était allé au stade retirer son accréditation car il devait chroniquer dans la soirée les fastes de la cérémonie de clôture. Le marathon lancé dans les rues de Pékin était retransmis sur des écrans géants fixés aux quatre sommets des gradins. Au trente et unième kilomètre, Ayanleh avait lancé une formidable attaque, sans à-coups, en puissance, qui disloquait derrière lui le peloton mètre après mètre. Seuls un Marocain, Jaouad Gharib, ainsi que Samuel Wanjiru, le longiligne Kényan, parvenaient à suivre ; puis le Marocain cala, le torse plié par des spasmes. Wanjiru tint la cadence, de son allure bondissante, sans pourtant jamais pouvoir relayer Ayanleh, signe d'un malaise ; il s'accrocha à sa foulée. Une nouvelle fois, une troisième fois, une dixième, celui-ci démarra, tenta de décrocher le Kényan dans les derniers boulevards, chaque fois Wanjiru céda et se laissa distancer de quelques dizaines de mètres afin d'amortir les coups de boutoir d'Ayanleh, mais parvint à revenir dans son dos. Ayanleh entra dans le stade avec deux petits mètres d'avance et nul dans la tribune de presse ne lui donnait une chance de résister à la phénoménale vitesse de pointe de son adversaire kényan au bout de la dernière ligne droite. Tout au long d'un dernier tour de folie qui souleva une extravagante *ola* dans le public submergé par l'intensité du dénouement, Ayanleh résista aux terribles sprints de Samuel Wanjiru. À trois reprises il se vit remonter à hauteur d'épaule par le Kényan, mais jamais ne lui abandonna un centimètre d'avance, ne lui consentit, à cet instant crucial de leur duel, la sensation rédhibitoire d'une possible supériorité. Il sentit le souffle de son adversaire dans son cou, résista à l'ultime accélération et préserva dix centimètres d'avance — une épaisseur d'épaule — sur le fil de la ligne d'arrivée, derrière laquelle tous deux trébuchèrent pour s'effondrer et rouler l'un sur l'autre.

Ayanleh approcha sa chaise, mais ils n'eurent guère le temps de bavarder : les premières explosions retentirent, atténuées, éloignées, remarquèrent-ils ensemble ; les volutes s'échappaient d'un versant plus reculé de la petite montagne. Répondant au brusque appel d'un gradé, Ayanleh tendit la main à Frédéric et se dirigea à petites foulées vers un camion sur lequel se hissaient d'autres soldats.

Frédéric reprit sa contemplation du désert. Il lui vint en mémoire une affaire de dopage qui suivit ce marathon olympique ; il l'avait lu sur Internet de même qu'une polémique autour de son manager, un Kazakh, mais sans y prêter beaucoup attention car à l'époque il se trouvait à Kandahar.

Le lendemain, les obus explosaient plus loin et leur écho revenait plus sourd, la file des camions s'étirait plus longue, la rue s'était vidée. Frédéric y chercha Ayanleh, en vain, et le supposa parti creuser de nouvelles tranchées. Des jours s'écoulèrent avant qu'il ne le revoie.

Chaque jour, au retour de la ligne de front, Frédéric traînait dans la rue, bavardait avec des militaires. En début d'après-midi, il remontait dans la palmeraie où il s'initiait à l'élevage des chameaux. Le téléphone portable n'accrochait aucun réseau, le capitaine lui interdisait l'accès à internet sur les ordinateurs de l'armée. La nuit glaciale tombait tôt.

Il ne s'ennuyait pas, au contraire, il se plaisait de plus en plus dans l'oasis. Il faisait rire les femmes avec ses bonnes manières, les complimentait sur leurs bijoux, ne manquait jamais de les remercier à chaque repas, les aidait à porter l'eau depuis la source, ce qui lui valait du café à toute heure du jour. À l'ombre des palmiers, il rédigeait ses notes. Ne plus joindre son journal ne le souciait pas, encore moins de se retrouver esseulé deux ou trois journées dans sa tente pendant les tempêtes de sable, il travaillait sur son calepin ou rêvassait en écoutant les furies du vent, s'amusait à penser à tout ce qu'il ratait à Paris.

À l'abri d'un muret, en fin d'après-midi, il retrouvait les hommes avec qui mâchonner les feuilles de khat et papoter jusqu'à la nuit. Aucun d'eux n'évoquait jamais la ligne de front déployée devant leurs yeux, ni entre eux ni avec Frédéric dont ils voyaient qu'il en revenait.

Parfois des aigles fusaient, surgis de si haut

dans l'azur que l'on ne pouvait imaginer d'où ils avaient pu s'envoler. Ils plongeaient en piqué dans le sable et remontaient dans les airs par paliers, les serres chargées d'un mulot, ou plus lentement à coups d'ailes rendus laborieux par le poids d'un fennec gigotant, et se posaient sur des branches de palmiers alentour. La nuit, les remplaçait la féerie de la voûte céleste et son arsenal d'étoiles filantes ; jaillissaient les indiscernables cris d'animaux du désert qui concertaient jusqu'aux lueurs roses de l'aube.

Frédéric apprit à harnacher les chameaux, nouer les cordes de leur alignement et les guider au milieu des bosquets d'arbres pour le ramassage du bois sec. Souvent apparaissaient à l'horizon des processions de caravanes ; il les regardait traverser lentement la plaine de pierrailles, fresques miniatures en provenance de Somalie, à destination des hauts plateaux. Elles passaient plus ou moins loin selon l'intensité des bombardements.

Un jour, cependant, l'une d'elles quitta la ligne d'horizon pour bifurquer à angle droit vers l'oasis. Des heures durant sous un soleil impassible, muets, les gens de l'oasis regardèrent cette file approcher, raccourcie dans sa perspective verticale. Les hommes sortirent enfin du miroitement solaire, ils arrivèrent d'un pas encore plus lent qu'il n'apparaissait de loin, emmitouflés d'étoffes beige et noir, aux côtés de leurs chameaux dont les longes pendaient à terre. Leurs prunelles étincelaient dans leurs yeux jaunis ou rougis. Aucune parole d'accueil. La transpiration avait creusé de fins ruisselets sur la pellicule de sable de leur visage. Ils acceptèrent sans un mot les louches d'eau que des enfants puisaient dans des outres et leur tendaient. Leurs chameaux, cou tendu vers l'avant presque à l'horizontale, ruminaient mécaniquement l'air brûlant, gueules ouvertes, narines béantes afin d'optimiser l'aération de leurs poumons palpitants et râlants, lèvres rétractées sur les gencives par la sécheresse. Aucun blatèrement ni mouvement d'irritation à la vue de l'eau, leur soif semblait au-delà de cela. Leurs harnachements de cuir étaient craquelés et leurs cordages s'étaient effilochés sous les morsures du sel, comme les sandales de leurs propriétaires. Natte, tapis de prière, outre vide emplissaient le creux des selles à dosseret en bois.

Une brutale dysenterie imposait cette halte. Les bêtes s'agenouillèrent sous les palmiers, avec des gestes des pattes méticuleux en raison de leur cargaison de sacs en toile de jute. Ce n'était ni des barres de sel, ni des caisses d'armes. Frédéric se tint discrètement à l'écart du déchargement mais, tout heureux d'être sollicité par les caravaniers, se chargea d'abreuver les bêtes au puits avec les gamins.

Dans la soirée, les femmes étalèrent des tapis le long des murets, allumèrent les feux et apportèrent des marmites. Elles jetèrent des miettes de résine d'encens sur les braises. Les hommes de la caravane et ceux de l'oasis se mirent à mâchonner le khat, regardant le désert, et à deviser sur un ton qui n'offrait aucun indice à Frédéric pour deviner s'ils se connaissaient de longue date ou se rencontraient pour la première fois. Les uns après les autres, ils s'endormirent enroulés dans leurs lainages à même les tapis.

Au moment de leur départ, tandis que les animaux se laissaient charger tout en arrachant jusqu'à la dernière seconde les feuilles d'arbuste à portée de leurs lèvres rassérénées, Frédéric, trop curieux, interrogea un caravanier sur des sacs qu'il aidait à arrimer. Le caravanier rit. Il en fendit un d'un coup de couteau et souleva une poignée de téléphones portables dans leurs emballages neufs. Il dit : « Dubaï, Mogadiscio, Addis, en direct, derniers modèles... Tu veux acheter ? Caméras, Playstations génération quatre ?

— Et au retour, des chargements de khat ? »

Ils se remirent au travail en riant.

Ayanleh Makeda se tenait assis en faction sur la même chaise que le premier jour, lorsque Frédéric repassa au coin de la véranda. Il semblait rêvasser, les coudes posés sur les genoux. Pas la moindre trace de fatigue sur son visage, ni jamais, d'ailleurs, Frédéric le remarquerait plus tard, d'expression de contrariété. Après quelques balbutiements, Ayanleh s'assura que

Frédéric n'écrirait rien sur sa présence ici et ils parlèrent de marathons. Malgré sa timidité, il se racontait sans réticence et, parfois, il pouvait se montrer intarissable. Il parlait d'une voix paisible, souriant à la moindre occasion ; il recourait à des métaphores insolites pour se décrire en gamin éthiopien galopant sur le chemin de l'école, l'esprit imprégné des exploits d'Abebe Bikila sur les hauts plateaux. Il s'animait au souvenir de ses premiers Jeux à Sydney, ou de son arrivée à Paris. Plus que tout, il ne se fatiguait pas de discuter et digresser sur les singularités de chacun des marathons qu'il avait courus. Frédéric ne se lassait pas d'être ainsi emmené si loin.

« Et alors, ce contrôle de dopage positif ? » finit-il par demander, un jour où Ayanleh retraçait sa victoire à Pékin, un peu par curiosité mais surtout parce qu'il pressentait qu'Ayanleh attendait cette question et que ne pas la poser à ce moment-là eût causé de l'embarras, peut-être même de la méfiance. Ayanleh répondit d'un ton anodin :

« Je ne suis sûr de rien. Je me suis vu écarté de tout.

— Mais tu avais pris un produit dopant ? Tu sais, ne sois pas embêté de ne pas répondre, ce n'est pas mon affaire, je m'en fiche un peu. Je veux dire, je peux comprendre, et que tu te taises et que tu puisses avoir bricolé ceci ou cela.

— Pourquoi se taire ? Je peux bien promettre sur la tête de qui vous voulez, le produit pour lequel j'ai été accusé, j'ignorais que j'en avais avalé et qu'il était interdit, parce que je ne savais pas qu'il existait.

— Ah, et tu t'es expliqué ? »

Ayanleh sourit. Il hésita face à l'effort que représentait la répétition de cette explication, ou peut-être le désarroi qu'elle suscitait, aspira une bouffée d'air comme sur une ligne de départ.

« Voilà. On a appris le contrôle positif le mercredi par un coup de téléphone à l'appartement. C'était un journaliste de *L'Équipe*, il voulait des précisions, il n'a même pas accepté de me dire comment il l'avait appris. Deux heures plus tard, l'ambassade appelait mon épouse pour nous recommander de ne pas sortir de chez nous, de ne plus répondre au téléphone jusqu'à l'arrivée du premier conseiller. Les journaux l'ont annoncé sur leurs sites Internet, sans gêne, sans exprimer une petite hésitation ; des équipes de radio et de télé sont venues se bousculer toute la soirée devant l'immeuble. Elles guettaient même ma sortie dans l'escalier des poubelles.

— Ensuite ? D'habitude elles s'impatientent vite.

— Ensuite, le vendredi je me retrouvais dans l'avion pour Addis. Les coachs de la fédération ont reçu les explications des gens du laboratoire, ils ont répondu à ma place, je crois. Ils n'ont partagé aucune information avec mon épouse. J'ai patienté une semaine sans un appel, j'ai été convoqué au ministère des Armées, on m'a précisé mon affectation et j'ai reçu cet uniforme et cette mitraillette, puis j'ai attrapé le camion sur la piste que vous connaissez, jusqu'ici. C'est le capitaine qui m'a demandé de vous pousser à ne rien écrire à ce sujet, quand il nous a vus ensemble. »

Frédéric réfléchit pour trouver une question à poser :

« Tu penses que des gens de ta fédé auraient pu te charger avec ce produit à ton insu ?

— Bien sûr que non. Chez nous, trop de champions se cognent les coudes au départ des courses, notre pays n'a qu'à choisir dans la cohue pour gagner... »

Il marqua un temps et sourit :

« Et nous, les Africains, nous craignons les punitions des Blancs. »

Frédéric sourit aussi. Perplexe, il inventoria mentalement les sempiternelles dénégations des champions au lendemain d'un contrôle positif.

« Tu crois à une erreur de manipulation des flacons ? Une barre nutritionnelle trafiquée ? Une connerie du labo de l'Ishim ? Tu penses quoi ?

— Je ne pense rien, c'est passé.

— Qu'est-ce qui est passé ? Tu ne vas pas chercher à savoir ? Quand même, double champion olympique... C'est...

— C'est la chance qui est passée. »

Insister aurait pu heurter Ayanleh. Tous deux regardèrent un moment une file de chameaux qui passait au loin, on pouvait discerner la corde qui liait les animaux entre eux. Le vent soulevait le long de l'horizon un rideau de poussière dans lequel la caravane ne cessait d'entrer et de sortir, accentuant une impression d'infini, jusqu'à disparaître.

« Quel est ton souvenir le plus dingue ? Les Jeux de Sydney, d'Athènes, Pékin ?

— Ça, c'est une question de journaliste bien typique à laquelle je n'ai jamais su répondre. Qui peut compter les battements du cœur dans ces moments-là ?

— Aucune course ne t'a chaviré plus que les autres ?

— À Sydney, oui, ce pouvait être chavirant pour la première fois. Je n'ai pas gagné car c'était mon premier marathon grandiose. Je devais d'abord tenir mon rang derrière, je devais absolument montrer du respect aux aînés. Mais au quinzième kilomètre, je me suis senti très à l'aise, j'ai pensé à éviter les remous du peloton, j'ai accéléré, j'ai voulu voir plus devant, j'ai pris encore de la vitesse, je me suis surpris de dépasser des coureurs fameux, ils semblaient peiner. Personne n'a réagi, j'ai continué d'accélérer.

— Tu t'es retrouvé en tête ?

— Sans forcer le destin. Plus de coureurs sur mes côtés, je n'entendais plus la respiration des autres, ni même le bruit de leurs chaussures sur la route. J'ai couru un moment sans penser à personne. Seul, en tête d'un marathon olympique, je n'avais même jamais songé à cette situation. Alors, j'ai aperçu le public, je veux dire que je l'ai regardé, que je l'ai vu enthousiaste, et me suis vu seul face à tous ces gens, comme s'ils étaient venus pour moi. Je pouvais croiser des yeux bienveillants, entendre leurs bonnes paroles, il y en a qui prenaient le temps de trouver mon nom sur les programmes. On traversait des quartiers, les gens attendaient depuis longtemps, ils semblaient contents. C'était la première fois que je les voyais si près, les yeux dans les yeux, si je puis dire. Accélérer quand vous le voulez, oublier les adversaires, échanger un regard avec les gens dans la foule, c'était grand-chose. »

Il sourit à Frédéric, et fit mine de dodeliner de la tête.

« Je suppose que tu as couru le marathon de New York ?

— Je l'ai même gagné, deux fois... Boston aussi, et Chicago, la trilogie américaine...

— Alors, pourquoi Paris, la rue Guynemer ? Les Parisiens se fichent bien de leur marathon.

— Quand j'ai signé chez Nathan Ossipovnitch, il venait de créer l'Ishim Athletic Club. Mon épouse aime tant parler français, la beauté de Paris ne se compare à rien, ni sa tranquillité. Et moi, j'ai appris le plaisir de l'opéra.

— Pourquoi signer chez Nathan Ossipovnitch ? Un beau contrat ?

— L'argent, j'en gagnais déjà des sommes

très satisfaisantes pour un Africain. Non, une équipe de grand renom, un staff technique, Paris, l'école des enfants, ça ne se refuse pas, et son caractère m'a plu. »

Même très discrète, la première apparition de Nathan Ossipovnitch dans les journaux français, lorsqu'il s'était introduit dans le capital de l'aéronautique Lagardère, avait intrigué Frédéric, parce qu'il le connaissait. Il l'avait rencontré à plusieurs reprises des années auparavant à Almaty, ensuite à Groznyï, bien loin des buildings d'affaires et des stades. Les journaux surprirent en mentionnant de nouveau son nom, totalement inconnu dans le monde du sport, quand il s'appropria le Team Lagardère, qu'il rebaptisa Ishim Club, nom de la rivière en bordure de son village, expliquerait-il. Un mois plus tard, *L'Équipe* publia sa photo en une, après l'annonce du transfert dans le nouveau club franco-kazakh de Taimi Paavalinen, l'égérie aux couettes blondes de l'heptathlon, de Phoebe Taylor, la grande dame du sprint, Roman Liiv, le cador du décathlon, gentleman Bernard Mwangi et une quinzaine de champions olympiques et recordmen mondiaux, au prix de sommes déroutantes.

Dès lors, malgré un mutisme semble-t-il inné et d'ailleurs source de mystère, le magnat kazakh, ses jeans tombant en accordéon sur ses boots, des potes mal rasés à ses basques, mais aussi son ranch à l'ouest de Kotanajsky, ses jets, ses jolies amies éveillèrent la curiosité de diverses rubriques et inspirèrent une marionnette — « L'oligarque des vastes steppes » — aux Guignols de Canal Plus.

« C'est quoi, sa lubie pour un sport comme l'athlétisme ? Il ne doit pas y avoir deux pistes en tartan au Kazakhstan. La gagne, la gloriole ? Le blanchiment ?... Il vous mettait la pression ?

— Aucune, il se présentait très sympathique, très calme avec nous. Il est dingue de sport, sauf de foot. Il disait la mentalité des footeux pathétique. Je crois qu'il a possédé des équipes qui l'ont trop déçu. Je ne sais pas, il se passionne pour l'athlétisme, l'ambiance au bord de la piste, l'inquiétude des courses, des concours. Il peut suivre le marteau du premier au dernier jet. Mais pas seulement les compétitions, il assiste aux échauffements, aux qualifs du petit matin dans le stade vide. Il traîne en salle de soins, questionne les coachs. Il peut nous écouter des heures discuter d'entraînement, voilà le plus étonnant... »

Frédéric se souvenait de la première fois qu'il avait remarqué Nathan Ossipovnitch. C'était chez lui, à Almaty, à l'époque du morcellement de l'Union soviétique et des émeutes quotidiennes pour l'indépendance du Kazakhstan. Ce jour-là, jeune syndicaliste, Nathan Ossipovnitch marchait au premier rang d'une manifestation, blazer noir, jeans et boots, un mégaphone brandi à la main. Il s'entourait déjà d'une escorte de copains aux rudes dégaines, mais avançait au sein de la vieille garde des notables dissidents et *refuzniks*. La traductrice qui accompagnait Frédéric le lui décrivit comme un enfant terrible de la perestroïka, fils d'ouvrier immigré, lui-même grutier dans les raffineries. Tribun gouailleur à la voix éraillée et au beau sourire, bagarreur à l'occasion, il devint le personnage chouchouté des télévisions étrangères grâce à sa vivacité de repartie. Il avait été plusieurs fois emprisonné pour ses coups de gueule contre les administrateurs russes.

À peine trois ans plus tard, à Groznyï, au plus violent de l'offensive de l'armée russe en Tchétchénie, Frédéric le retrouvait, une parka de fourrure couvrant son blazer, un bras amical sur les épaules du chef de guerre Djokhar Doudaïev, coiffé de son illustre feutre noir. Dans le froid de l'hiver, il le croisa dans les ruines de la ville assiégée, l'allure décontractée, presque désinvolte, toujours en compagnie de la tribu Doudaïev ; puis de nouveau en plein pataquès, cette fois dans le nord-ouest de l'Afghanistan, à Mazar-e Charif, plus discret à boire le thé dans la résidence du chef de guerre Abdul Dostom.

On savait que Nathan Ossipovnitch avait remis en marche une usine désaffectée de kalachnikovs, près de chez lui, qu'il en avait multiplié les sites de fabrication. Frédéric en avait approché à Constanţa en Roumanie et dans la région de Bichkek, au Kirghizistan, et connaissait leur existence en Afghanistan.

Ensuite, on apprit qu'il s'accapara les quais du port de Touapsé, par où transitait un trafic d'armes vers plusieurs régions d'Asie. On le retrouva dans les forêts du Kivu, dans l'est du Congo où, profitant du chaos des guerres civiles qui ravageaient le plateau du Masisi, il s'imposa dans l'exportation de coltan vers la Suisse, Israël et le Kazakhstan.

« Et lui, son rôle, dans ton affaire de dopage ? demanda Frédéric.

— Lui, rien... Il a dicté un message sur mon portable. Il se trouvait dans son Asie, il réclamait des informations. Depuis, aucune correspondance. On n'a pas de communications, ici. J'ai su qu'il n'a pas épaulé mon épouse. Pourquoi ? Je l'ignore. »

Les tanks tiraient en batterie depuis la veille, sans répit, à une cadence telle que la fonte de leurs canons rougissait sous la peinture écaillée. Sur des brancards alignés à l'ombre de toiles tendues sur des branchages, des blessés attendaient leur évacuation. Le vent se retirait au loin en ondulantes colonnes, après avoir déposé son habituelle pelure de sable sur les visages, les uniformes, les engins. Frédéric patientait dans une casemate, il attendait une accalmie pour bouger. Il avait repéré Ayanleh, en train d'étayer un remblai à l'aide de troncs de palmiers. Sa silhouette, dans un uniforme trop large, paraissait chétive. Dans la tranchée, Ayanleh semblait surtout fragile, la démarche un peu malhabile, ses gestes hésitants ; en tout cas, très étrangers à son allure en course, superbe, visage serein, souple balancier des bras, foulée dont la fluidité captivait les téléspectateurs il n'y avait pas si longtemps.

Ayanleh sursauta lorsque Frédéric le rejoignit, qui lut de la déception ou de l'abattement dans ses yeux.

« Bonjour, Ayanleh, je suis venu car je pars demain.

— Demain... »

Son visage se figea si étonnamment que Frédéric s'en trouva désemparé. Habitué aux sourires placides d'Ayanleh, parés de sa fine moustache, il n'avait pas envisagé pareille réaction. Ayanleh ne chercha pas à dissimuler son émotion, ni à l'exprimer en mots. Il scruta le désert un moment, il attendit que quelque chose passe. Et ses yeux retrouvèrent leur gentillesse.

« Alors tu viens dire au revoir.

— Sans doute je reviendrai.

— Penses-tu faire étape à Addis ? Tu aurais le temps de chercher mon épouse ?

— Sûr et certain, je la trouverai, je l'inviterai. Quelque chose en particulier ? »

Ayanleh secoua la tête en souriant. Il fit un signe d'acquiescement à un gradé qui les regardait bavarder et recula pour rejoindre l'équipe d'étayage.

« Bonne chance pour le retour, et merci.

— À toi aussi. »

La veille, dans la rue, le capitaine avait apostrophé Frédéric au volant de sa camionnette pour l'informer d'un siège libre dans un camion qui allait reprendre la piste vers les lignes arrière. Pris dans un moment de désœuvrement, il s'était porté candidat, mais aussitôt il s'en était voulu car il savait par expérience que, même si son séjour dans l'oasis tendait à la villégiature et si ses expéditions sur le front se répétaient, ce temps ralenti des derniers jours, lorsque l'attention relâchée s'en remet aux aléas du hasard, peut capter des détails décisifs pour un reportage. Surtout, il éprouva du regret de quitter Ayanleh ainsi ; et maintenant des remords. Il savait qu'il aurait dû rester pour continuer à parler. Au fil des heures, il appréhenda son départ ; plus exactement, il devina dans ce malaise un mauvais présage.

Lorsqu'il remonta vers l'oasis à la mi-journée, les chameaux revenaient en cortège, chargés de dattes, dans une chaleur torride sans un souffle de vent. Il aida à les déharnacher, à empiler les coussins de selle. Il s'amusait de cette bousculade où les uns criaient tandis que les autres blatéraient sans motif apparent. Il se proposa d'aider les femmes à les emmener une dernière fois au puits, les approcher à tour de rôle de la mare, surveiller leurs panses se gonfler d'eau, puis les regarder brouter ce qu'ils arrachaient de feuilles sur les buissons.

Autour du puits, des enfants piquaient de leur bâton les bouses sèches qu'ils empilaient pour le combustible du soir. Par intermittence, sortis de la brume qui voilait au loin les contours de pierrailles, parvenaient les crépitements de mitrailleuses auxquels personne ne prêtait attention.

2

Le vent surgit dans la soirée. À la fin des travaux d'étayement, la patrouille d'Ayanleh, kalachnikov en bandoulière, grimpa dans un camion en direction de la nuit du désert. Tous les hommes s'enveloppèrent le visage dans leurs écharpes treillis gris et bleu, se tassant sur eux-mêmes au plus bas afin d'échapper, derrière les bords de la benne, aux rafales de sable et à l'anxiété.

Le sergent s'assit à côté d'Ayanleh, leurs épaules ne cessaient de se cogner au gré des cahots du terrain. Où qu'Ayanleh fût envoyé, ce sergent le suivait et, parce qu'il ne lui parlait jamais, ne faisait aucune allusion à la carrière d'Ayanleh, il était impossible à ce dernier d'interpréter cette assiduité, de savoir si elle relevait d'une consigne de surveillance ou de protection, d'une initiative personnelle ou d'un ordre dicté d'en haut. Les compagnons de patrouille non plus n'évoquaient jamais les courses et le prestige d'Ayanleh. Ni admiration ni moquerie exprimée, aucune question, ils ne lui adressaient guère la parole, ils semblaient soucieux de l'éviter, craindre des ennuis à son contact, à l'exception toutefois d'un très jeune soldat, presque un adolescent, tigréen du Nord comme Ayanleh.

Tous deux aimaient se parler en tigrinya. Ils se retrouvaient à la moindre occasion, pendant les moments d'attente dans les tranchées et le soir au bivouac où, pour se remonter le moral, ils se remémoraient l'air froid des hauts plateaux, les champs jaune et vert pâle à la saison du tef ou plus foncé à la floraison des caféiers, ils se racontaient les trombes de pluie, les rivières dévalant les ravins, les vaches derrière lesquelles ils couraient dans la boue, les pèlerins et les processions religieuses et lorsque ces souvenirs les avaient revigorés, ils dissertaient de marathons. Ce garçon, lui aussi, s'était essayé à la course comme tous les enfants des plateaux, il avait rêvé d'Abebe Bikila à s'en couper le souffle, puis s'était résigné à descendre à Lalibela faire le guide pour les touristes, avant d'être mobilisé sur ce front.

La légende Abebe Bikila, le champion aux pieds nus, Ayanleh l'avait bien sûr découverte dans ses manuels d'école primaire. Chaque année, classe après classe, il avait admiré les images du fils de berger né le jour d'un marathon olympique à Los Angeles ; du caporal de la garde impériale, de l'obélisque d'Aksoum, exporté à Rome comme butin de guerre par les troupes de Mussolini, au passage duquel, sur le parcours du marathon olympique, Abebe Bikila choisit de démarrer pour remporter son premier titre, Via Appia, plus loin Via dei Fori Imperiali, dans une atmosphère crépusculaire illuminée par deux rangs de torches que brandissaient des militaires entre des choristes vêtus de toges antiques pour célébrer la première médaille d'or africaine. Images de son triomphe à Tokyo quatre ans plus tard ; enfin son accident, ses jambes inertes sur une chaise roulante et ses funérailles impériales pleurées trois jours dans le pays. Ayanleh put écrire en dictée les hommages et lire au tableau noir ces sortes d'épitaphes rédigées par les plus fameux chroniqueurs sportifs : « Ce coureur qui ne respirait jamais était aussi impalpable qu'un fantôme » ; ou : « L'homme qui courait comme le jour, sans une hésitation de l'aurore au crépuscule ». Il s'imprégna d'une mythologie moderne, mise en œuvre par les instituteurs, reprise par le directeur lors de cérémonies des prix en fin d'année, sanctifiée au catéchisme.

Cependant, le champion qui avait fait rêver Ayanleh enfant, tandis qu'il cavalait dans les champs derrière les chèvres ou sur le chemin de l'école, n'était pas Abebe Bikila mais Miruts Yfter, un Tigréen natif d'une colline d'en face. Un champion olympique aussi, dont chaque rencontre fortuite, toujours éphémère, allumait une étincelle brûlante chez l'enfant. Sa famille vivait dans le village sur l'autre versant de la ravine. Le dimanche, sur le chemin de l'église, on passait devant la maison qu'il s'était fait construire en béton et tuiles cuites, la première à deux étages de la province, dont le toit surmonté d'antennes paraboliques dépassait d'une muraille tel celui d'un château. Avec un peu de chance, avant la messe, on apercevait Miruts Yfter sortir de chez lui dans sa puissante Land Cruiser tout-terrain. Il ne manquait jamais de saluer à travers la vitre les gens attroupés, parfois il la baissait pour signer les bouts de papier que les gamins lui tendaient.

C'est Miruts Yfter qui donna le départ de la première course disputée par Ayanleh en ville, à Addigrat, et lui qui, d'une voix magistrale, recommanda aux vainqueurs des courses du jour, rassemblés sur le parvis de la cathédrale du Saint-Sauveur autour de l'évêque : « Enfants, oubliez désormais ce que signifie marcher. Courez, fendez l'air. Activez vos jambes jusqu'à leur épuisement. Vivez essoufflés, tôt dans le jour ou tard dans la nuit. Courez chaque fois que vous devez aller, c'est seulement ainsi que vous y arriverez. »

Ayanleh se repassait cette scène dans la benne, à cause de la douleur qui contractait ses jambes, car, s'il endurait comme ses compagnons les tourbillons de poussière qui brûlent les yeux et les poumons, lui souffrait plus encore de douleurs musculaires, la sensation que l'on compressait ses jambes dans une sorte d'étau, qui l'empêchait de s'assoupir.

Ces névralgies s'étaient manifestées dès son arrivée sur le front, provoquées, il le sentait, par l'abandon brutal de la course à pied qui avait toujours rythmé son organisme. Ses jambes le lancinaient, sevrées de fatigue, de soins, de transpiration pour écouler les toxines et les mauvaises pensées. La suppression des séances d'entraînement provoquait des crampes chroniques. Dès qu'il devait immobiliser ses jambes, les nerfs subissaient des secousses d'adrénaline, les muscles se rebiffaient contre la privation d'effort. Ce manque, qui le tourmentait, l'isolait encore davantage de ses compagnons.

3

Une brume pluvieuse noyait l'aéroport d'Addis-Abeba. Dans le taxi qui filait vers le centre-ville, l'humidité, la résurgence des klaxons et des immeubles en béton gris redoublèrent la morosité de Frédéric, qu'il traînait depuis que le camion militaire, après l'avoir récupéré à l'oasis, l'avait déposé par-delà les méandres de canyons, seul sur le tarmac des causses de Kelafo, où, dans un paysage de désolation, près d'un hangar dépourvu d'électricité pour son ordinateur, il avait attendu pendant une semaine un avion-cargo en ruminant son départ de la ligne de front.

Il descendit à l'hôtel Ghion dont il aimait le parc. Dans la galerie marchande, à la porte de son cybercafé, Myriam l'accueillit par quelques taquineries sur sa mine poussiéreuse, trop fine pour ne pas soupçonner son humeur. Il entra pour consulter sa messagerie électronique, tria des e-mails en provenance de son journal et parcourut trois ou quatre brèves concernant le feuilleton annuel des transferts du *mercato* des joueurs de foot.

Frédéric travaillait sur son ordinateur; par la fenêtre ouverte s'introduisaient le soleil et le gazouillis des soui-mangas, on entendait aussi en écho les orchestres tonitruants de la place Maskal et ceux qui, plus folkloriques, fêtent tous les jours de l'année les noces élégantes dans le parc de l'hôtel.

Il descendait régulièrement se doper en café crème dans le salon et remontait dare-dare écrire ses articles sur la ligne de front. La guerre dans cette région lui devenait familière. L'Érythrée au nord où il s'était rendu en premier, le Soudan à l'ouest où il ressentait le plus de confusion, la Somalie au sud-est, depuis dix ans il y revenait. Parti de Paris d'humeur sceptique, il avait appréhendé dans l'avion un effet de lassitude, à tort. Au contraire même, se trémoussant devant son écran, il exultait.

Comme à chacun de ses séjours à Addis-Abeba, Frédéric traîna sa première journée libre dans les rues escarpées de la Piazza, au sommet de la ville. Il se décida pour une partie de billard au Foalkland, un bistrot où, au fond de la salle, sont projetés en boucle les films de Clint Eastwood. Puis il se rendit à la cathédrale Saint-Georges, s'offrir un roupillon au soleil de l'après-midi, dans l'herbe douillette du jardin;

et pour boucler cette journée, quelques bières, Saint-Georges elles aussi, sur l'auvent en bois noir du Taitu Hotel, l'ancienne demeure de l'impératrice Taitu, à écouter des habitués raconter, comme tous les soirs, les émeutes qui provoquèrent l'assassinat de l'Empereur, la Grande Famine rouge et les premières guerres d'Ogaden.

Le souvenir d'Ayanleh interrompit sa méditation. Il se demanda si celui-ci lui avait caché la vérité sur son contrôle antidopage, ce qu'il aurait compris. Mais il en doutait, se remémorant ses expressions où se mêlaient de l'incrédulité et un fatalisme impossible à simuler. Il pensa à son épouse Tirunesh Makeda quelque part dans la ville. Il retourna à l'hôtel, entra directement au centre Internet de Myriam, afin de chercher l'adresse de l'organisation canadienne qu'avait mentionnée Ayanleh.

Un faisceau de drapeaux, à l'effigie d'un essaim d'organisations humanitaires, désignait de loin l'immeuble, dans le quartier d'affaires. Anglophones et francophones s'aggloméraient sur neuf étages, protégés par des militaires, assis la kalachnikov sur les genoux.

Tirunesh ne travaillait plus là depuis longtemps, c'est ce que lui apprit une secrétaire à l'accueil. Elle avait vidé son bureau précipitamment à l'issue d'un entretien avec le directeur, sans donner un mot d'explication à ses collègues. Aucun des Canadiens auxquels Frédéric s'adressa ne consentit à en parler en l'absence de l'invisible directeur de la communication, et Frédéric eut du mal à trouver une employée éthiopienne qui accepte de s'en souvenir.

« Pourquoi partie si soudainement ?

— Une décision venue du siège à Toronto. Mais prise dans notre ministère à Addis, on le sait. Aucun grief professionnel. Persona non grata. Ne m'en demandez pas plus, on ne communique pas à ce sujet, vous savez combien les accréditations des humanitaires sont précaires.

— Ah bon. Et vous savez où je pourrais la trouver ?

— J'ignore où elle habite. Elle n'a jamais appelé. Cependant, un collègue m'a dit l'avoir surprise plusieurs fois au Gaslight, le bar très chic du Sheraton. »

Plus haut perchés que le Palais de l'Union africaine sur une colline verdoyante, s'exhibent les marbres du Sheraton. Il était minuit lorsque des majordomes introduisirent Frédéric dans un péristyle gigantesque bruissant de fontaines et de concertos de Mozart. Il déambula entre des meubles rococo Nouvelle-Angleterre, des draperies en soie d'Ispahan, un curieux bric-à-brac de pièces de collection orientalistes et de contrefaçons coréennes, pour trouver le bar du Gaslight.

Très criarde, l'ambiance le fit hésiter. Des touristes américains en bermuda, affublés de ceintures banane, se congratulaient mutuellement. À d'autres tables, des Syriens et des Chinois se claquaient allègrement le dos, on les supposait ingénieurs sur des chantiers communs ; des Serbes, déjà très éméchés, devaient être des experts de l'ancienne Yougoslavie recyclés en mercenaires par la guerre. Frédéric balaya l'assistance du regard avant de prendre place. Coiffés de keffiehs d'Arabie, des clients plus calmes sirotaient café sur café en attendant de goûter à des amours exotiques. Des fonctionnaires de l'Organisation de l'Unité africaine, les seuls en costumes cravate, jonglaient avec des statistiques et de bonnes blagues. Entre deux exclamations masculines, de jolies dames tentaient de glisser des mots câlins, maquillées avec la distinction de bourgeoises en soirée.

À un coude du bar acajou, trois d'entre elles bavardaient, attendant à l'évidence une compagnie. Frédéric, qui avait regardé des photos de Tirunesh sur Google, reconnut son visage. Ses cheveux étaient lissés en arrière, elle portait une robe blanche, des perles autour du cou, bijou rare dans cette région. Il prit place à côté d'elle et commanda une bière. Ses yeux noirs et brillants le saisirent. Par la suite, il s'émerveillerait chaque fois de leur beauté. Elle sourit. Il laissa passer du temps, ne trouvant pas comment s'y prendre, hésita. Elle patienta elle aussi et se décida la première à écourter le silence, car la distance à laquelle Frédéric s'était assis ne laissait aucun doute sur son envie de bavarder :

« Vous semblez pensif.

— Non, non, un peu bizarre d'être ici. »

Son regard décrivit le décor.

« Oui, la première fois on se sent ébahi, mais on s'habitue très bien, vous savez. Nous sommes là pour vous aider à vous sentir à l'aise. Vous êtes en mission ? Vous venez d'arriver à Addis ? »

Il se retint de lui demander si elle se sentait à l'aise.

« Non, je viens parfois à Addis, mais sans avoir jamais imaginé un pareil endroit. Je loge dans un autre hôtel plus bas, sur la Maskal.

— Vous attendez donc comme tout le monde ici que l'ambiance chauffe, sauf si vous aspirez seulement à une compagnie plus intime ? »

Il ne répondit pas, se concentra sur son verre un instant, lui en proposa un d'un signe de la main, qu'elle accepta. Des Ukrainiens en tee-shirts et tongs entreprirent grossièrement les deux voisines de Tirunesh, toutes deux très zen face à leurs assauts, sous l'œil amusé d'un barman qui en profita pour poser de nouveaux verres. Frédéric se sentait de plus en plus minable, il s'en voulait d'être venu là.

« En vérité, j'ai rencontré votre mari. »

Tirunesh attrapa son sac, mais elle ne descendit pas de son tabouret. L'embarras de Frédéric la retint, le ton de sa voix, son hésitation depuis le début...

« Qu'est-ce que cela signifie ? Mon mari ? Il y a longtemps ? Qui vous a renseigné sur moi ?

— Personne ici. Je suis venu parce qu'on m'a dit que je pouvais vous y trouver, je vous cherchais, en vérité. Je suis confus, j'aurais dû vous le dire tout de suite. »

Tirunesh haussa les épaules, sourit. Un beau sourire dans lequel se dissolvait tout malaise.

« Pas de problème. Vous l'avez rencontré à Paris, en Amérique ? Vous ne seriez pas un journaliste sportif ? Je vous examine, vous pouvez y ressembler... »

Elle était passée de l'anglais au français sans qu'il s'en soit rendu compte.

« Journaliste tout court, je l'ai vu la semaine dernière, tout à fait par hasard, là où il se trouve, sur le front. »

4

Tirunesh apprit le français auprès de sa grand-mère, une Afar de Djibouti.

Le grand-père, un paysan afar de la région de Diredaoua, l'immense gare de triage sur la ligne de chemin de fer Addis-Abeba-Djibouti, tirée sous la houlette d'ingénieurs français à travers le torride désert du Danakil, lâcha sa houe au milieu de la parcelle familiale sur un coup de tête. C'était le jour de ses vingt ans, un dimanche. Pendant la messe, il chaussa ses souliers, s'en alla en ville s'embaucher comme cheminot et disparut sur la plate-forme arrière du train, sans un mot à personne, coiffé de la casquette bleu et rouge des wagonniers.

Cinq ans plus tard, il revint au village. Doté d'une technique de pointe pour la pétanque, d'un goût approfondi pour le pastis Duval et d'une épouse, très belle et élégamment francophone. « Parce qu'à l'époque les femmes de Djibouti étaient considérées comme aussi élancées et fignolées que les Éthiopiennes, mais elles coûtaient beaucoup moins cher, presque rien grâce au change, et les Afars, grands voyageurs, le savaient », aimait à répéter la grand-mère.

Peu de temps après le retour du cheminot, la pluie manqua deux saisons de suite. Affamée par la sécheresse, la famille décida d'abandonner sa terre croûtée pour immigrer plus à l'est. Ils achetèrent un transport dans une caravane de chameaux qui les déposa à Jijiga, au bord de l'Ogaden.

La grand-mère ne revit jamais Djibouti, mais elle n'oublia rien. Des années passèrent dans un cabanon de parpaing, devant lequel elle soignait de magnifiques lauriers. Lorsqu'elle recueillit sa petite-fille Tirunesh, la benjamine de dix enfants rejetée par l'un de ses fils, trop appauvri pour l'élever et plus tard la doter, la grand-mère s'empressa de lui enseigner un français impeccable. Tirunesh l'acquit naturellement car elle aimait sa grand-mère autant qu'elle se plaisait à l'étude, et se mit à parler un français un rien précieux, imagé, dans la cour du cabanon et en classe « où elle buvait les paroles du maître comme le bon lait ».

Elle raffolait des livres français, elle lisait sur un tronc mort dans un terrain vague devant la maison. La grand-mère, adossée à son mur, une bassine sur les genoux, se réjouissait à regarder sa petite-fille s'oublier dans ses lectures. L'instituteur s'emballa lui aussi, il lui ouvrit sa bibliothèque, puis la fit chercher tous les samedis sur la carriole tirée par l'âne du jardinier pour lui prodiguer des leçons particulières. En fin de cycle primaire, il se démena auprès d'un ancien condisciple de l'École normale, un Afar comme eux, pour lui obtenir un lit à l'internat du lycée français d'Addis-Abeba, et enfin une bourse universitaire allouée par le Centre culturel français.

Un après-midi, sous les palmiers du campus, dans les anciens jardins du palais du Négus, tandis que Tirunesh bavardait avec des copains, elle fut convoquée au rectorat. Son professeur lui annonça que la faculté l'avait nommée comme interprète de l'équipe nationale qui partait aux jeux Olympiques. Le départ de la délégation fut salué par une cérémonie sur le tarmac de l'aéroport. Elle s'envola pour Sydney. À l'avant de l'avion, les stars du pays — la diva Derartu Tulu, championne olympique à Barcelone, Gete Wami, son éternelle rivale, Fatuma Roba, une autre championne olympique, toutes trois empêtrées dans de telles jalousies qu'elles ne pouvaient plus se parler — se dispersèrent entre les sièges des ministres et des apparatchiks. À l'arrière de la carlingue se regroupèrent les entraîneurs et les soigneurs, les journalistes et Tirunesh.

Au village olympique, elle partagea sa chambre avec deux kinés. C'était son premier voyage, elle avait épluché des livres sur Sydney, elle s'était représenté le Harbour Bridge, les gratte-ciel et les kangourous; finalement, elle ne sortit en ville qu'une fois, dans le dédale des boutiques chic des Rocks, pour accompagner les épouses des dirigeants dans leur shopping, mais n'eut pas un instant pour le déplorer. Ces olympiades furent quinze jours d'ébahissement, à croiser les sprinters et les basketteurs américains extravertis, les poupées gymnastes, les nageurs australiens adulés, les boxeurs cubains, dont elle découvrait noms et visages, incroyablement plus illustres que ses compatriotes, parmi lesquels le seul qui semblait connu de tous était Abebe Bikila.

À l'école, Tirunesh aussi avait été bercée par la légende d'Abebe Bikila. Elle s'était émerveillée des photos du marathon de Rome, du final ahurissant de Tokyo, elle avait pleuré à la lecture de son accident et avait observé le deuil lors de ses funérailles. Chaque été, chez le cheikh Alameih al Farah al Tawaka, un négociant du quartier qui, les grands soirs de course, faisait installer sa télévision dans sa cour envahie de voisins, elle avait retenu son souffle, crié et frappé des mains au spectacle des champions éthiopiens. Dans cette cour, à huit ans, elle avait assisté en direct, assise entre les jambes de sa grand-mère, à une victoire de Derartu Tulu la Magnifique, qui allait devenir la première championne olympique d'Afrique noire. Toutefois ces tours de piste homériques, ces nuits de télévision merveilleuses résumaient ses connaissances sportives.

Ces Jeux de Sydney furent donc pour elle quinze jours d'initiation sportive. À se démener aussi, car Tirunesh intervenait lors des interviews d'après courses et assistait les athlètes dans les labyrinthes du village et des stades. D'une douceur éthiopienne — une élégance un brin hôtesse de l'air dans le tailleur officiel, ou ravissante le soir en robe d'étudiante fleurie, un soyeux châle somali sur les épaules —, elle resplendissait de gaieté. Elle s'habitua à être courtisée par une foultitude d'athlètes africains plutôt exubérants, d'Asiatiques galants et protocolaires, de Blancs dont elle n'aurait imaginé les gaillardises, que sa gentillesse permettait d'esquiver.

Dans l'équipe se tenait à l'écart un jeune marathonien du nom d'Ayanleh. Il venait de triompher aux championnats du monde juniors mais, respectueux de la tradition, il s'effaçait derrière ses célèbres aînés. Le jour du marathon, d'ailleurs, il obéirait sans arrière-pensée aux instructions des coachs et courrait en lièvre dès le départ, menant en tête un train d'enfer pendant vingt kilomètres pour asphyxier les adversaires de ses deux compatriotes — Gezahegne Abera qui gagnerait l'or, et Tesfaye Tola qui attraperait le bronze — avant de subir le contrecoup de ses efforts et d'être avalé par le peloton.

Aussi frêle que les autres coureurs éthiopiens, il paraissait plus svelte, plus relâché, sans doute grâce à son visage juvénile, arachnéen, encore préservé de la rudesse que tracent les années d'entraînement. De profil, surtout, ce visage d'allure antique se distinguait par un nez aquilin, un front bombé, un teint café, typique des Abyssins du Nord. Ses yeux brillaient de curiosité. Lui aussi savoura chaque jour à découvrir le monde olympique.

Tirunesh se sentit immédiatement tranquille en sa compagnie parce qu'il ne se comportait jamais durement. L'énorme tension qu'il expérimentait ne le raidissait pas, n'aiguisait pas sa défiance. Jamais il ne se tenait sur ses gardes, n'éprouvait pas ou peu d'angoisses, en tout cas rien qu'il traduisît en caprices. L'ambition ne le rongeait pas. Il se moquait des rivalités shakespeariennes des Derartu, Fatuma et Gete, fuyait les manigances florentines de Haile Gebreselassie. Il se délectait, attentif et curieux de tout, d'être là.

Tirunesh le trouva agréable. Après les entraînements et les soins du matin, il la rejoignait au restaurant où tous deux goûtaient aux monticules du buffet. Ils eurent vite fait de s'inviter aux tables où l'on chahutait; Ayanleh ne parlait encore que l'amharique et le tigrinya, Tirunesh faisait la traductrice. Ils assistaient côte à côte aux épreuves. La première semaine, Tirunesh se prit de ferveur pour les tournois d'haltérophilie, ce qui suscita l'hilarité d'Ayanleh. Lui l'amena aux matchs de basket, à la boxe. Ayanleh, dont elle saurait plus tard qu'il ne lisait jamais, aimait se faire traduire des journaux étrangers aux kiosques du village. D'abord ils se contentèrent de lire, timidement, des articles sur les coureurs d'Éthiopie, puis ils se prirent au jeu de s'aventurer plus loin dans les pages sportives, de commenter ensemble les chroniques des compétitions suivies ensemble la veille.

Le soir de la finale du dix mille mètres hommes, qui s'annonçait triomphale pour Haile Gebreselassie, tous les Éthiopiens, vêtus du survêtement national, quittèrent en cortège solennel le village pour le stade. Ayanleh, retenu par un test sanguin au laboratoire d'analyses, remonta tardivement se changer dans sa chambre. En passant devant l'appartement des filles, il ralentit, intrigué par une musique, derrière la porte que lui ouvrit d'un coup Tirunesh, en robe somalie, les yeux brillants.

5

« Vous l'avez vu la semaine dernière? Sur le front de la bataille? demanda à voix basse Tirunesh, en tripotant son verre sur le bar. Où l'a-t-on envoyé? On m'a dit contre la Somalie, territoire Kelafo... »

Frédéric, qui avait appréhendé une vive réaction de Tirunesh, s'étonna du ton lent et doux de sa voix. Elle sembla tout à coup timide, très inquiète certainement, mais aussi d'emblée reconnaissante pour les nouvelles qu'il allait lui transmettre.

« En bas de Kelafo, en effet, au sud dans le désert, vers la Somalie.

— C'est très dangereux? »

Frédéric hésita deux secondes de trop.

« De toute façon, si ça ne l'était pas, ils lanceraient des bonnes nouvelles de là-bas à la radio, reprit-elle. Comment ça se passe pour lui, comment est-il? Il va un peu? »

Frédéric lui raconta sa rencontre avec

Ayanleh près de l'oasis, les tranchées. Jusqu'à ce que l'interrompent les exclamations de deux Britanniques qui, reconnaissant Tirunesh à l'autre bout du bar, déboulèrent à grandes enjambées pour s'asseoir sans civilités à ses côtés. À l'évidence, tous deux assez intimes avec Tirunesh, ils étaient joyeux de la retrouver. Frédéric écarta son tabouret pour ne pas gêner leurs confidences, il prit son temps pour terminer son verre, l'air distrait, de crainte qu'un départ trop brusque ne soit mal interprété par Tirunesh. Il se détourna vers les scènes de séduction et les bravades éthyliques autour de lui. À ce moment seulement, il saisit l'abîme où glissait Tirunesh. Il pensa à l'inquiétude d'Ayanleh dans son désert et pressentit que cette rencontre ici allait l'empêcher d'écrire l'histoire d'Ayanleh qu'il avait commencé à dérouler dans sa tête. Avant de s'en aller, il rédigea un petit mot qu'il fit glisser sur le bar vers Tirunesh pour lui proposer de l'appeler à son hôtel si elle le souhaitait.

Après avoir espionné le manège d'une intrépide famille de belettes entre les racines des palmiers de l'hôtel, Frédéric se mit à fouiller pour la troisième fois dans les pages un peu chiffonnées d'un vieil exemplaire du *New York Times* qui lui permettrait, en vidant son troisième pot de café, de retarder le moment où il aurait à se demander comment poursuivre sa journée, lorsque son portable sonna.

C'était le chef de desk du service étranger, au journal. Pas de remarques particulières quant aux articles sur la ligne de front qu'il venait d'envoyer à l'édition. Ils discutèrent de titres et de photos. Le chef appelait aussi pour lui lire une dépêche signalant un regain de bombardements sur la frontière érythréenne.

« Ils se sont pris un coup de chaud, ou peut-être que les obus dépassaient la date de péremption, commenta Frédéric, dubitatif. Tu vas voir. Ça dure depuis vingt-cinq ans.

— Peut-être, mais Gaza depuis plus longtemps, et Kaboul alors, sans parler du Tour de France que tu ne veux jamais rater. Puisque tu te trouves dans le coin, tu devines ce qu'il te reste à faire. Qu'en penses-tu ? »

L'idée de quitter Addis sans prévenir Tirunesh perturbait Frédéric tandis qu'il bouclait son sac. Puis il oublia. L'avion à hélices trépidait sur la piste pour emporter ses passagers — il volerait à une altitude si basse qu'il se régalait à l'avance des paysages d'une nudité abrupte, souvent lunaire, jusqu'à Aksoum. Où il savait devoir demeurer une journée, devenue presque rituelle au fil des séjours, qu'il entamait chaque fois par la visite du tombeau du roi Remhai, les fresques de la reine de Saba au musée, et concluait en contemplant un immuable coucher de soleil sur le champ des stèles, une bière à la main sur le toit-terrasse de l'hôtel Yeha.

Un peu avant l'aube, ce fut la prise d'assaut de l'autocar à laquelle il participa en rigolant. Le moteur gémit sous le poids des passagers lors de l'ascension du col du Rebbi Erieni, entre des flancs montagneux plantés de pics en roche noire à perte de vue, telle une foule de témoins éternels du triomphe historique des troupes de Ménélik II sur le corps expéditionnaire italien. Sur l'autre versant, l'autocar dévala les courbes vertigineuses, de ravins en précipices, et arrivé en bas, dans la grande rue d'Addigrat, autosalué par un triomphal klaxon, il slaloma entre les véhicules blancs des forces onusiennes. Peut-être Frédéric allait-il manger une *injera* épicée au Geza, le restaurant-cantine des Casques bleus ? En tout cas, il allait s'y enquérir des dernières nouvelles des combats, à la pêche aux rumeurs susceptibles d'aiguiller ses reportages. Il espérait aussi rencontrer des confrères, le plus souvent photographes, traînant dans la zone, pour louer à plusieurs la Land Rover bringuebalante du patron.

Le lendemain, avant l'aube encore, il sortit d'Addigrat pour prendre la piste d'Alembesa qui longeait des champs de tef. Des lièvres virevoltaient ; au loin, des couples d'oryx, le pelage liséré de noir, les observaient, sur le qui-vive. Frédéric pensa à la guerre. Brusquement, derrière une crête, des friches crevassées succédèrent aux champs, attaquées par les savanes broussailleuses, et surgirent les premiers abris des postes militaires. À chaque barrière — un tronc posé sur deux souches ou un fil tendu entre des arbres —, l'attente se prolongeait. Les premiers uniformes présentaient bien, d'un bleu-gris identique à ceux du Sud, sans la poussière du désert. Sur le bord de la piste, quelques banderoles de la Croix-Rouge sur des maisons plus ou moins démolies et pourtant habitées. Plus aucun camion ; les ânes et les chèvres vagabondaient, indifférents, entre les caféiers terreux rompus par les éclats d'obus ; au-delà s'ouvraient les premières tranchées, elles étaient délaissées, éboulées, souvent remplies de détritus. Frédéric perçut le son du canon, de plus en plus sourd ; et soudain les sifflements stridents des obus.

Sur la place d'Addigrat, en sortant d'un café Internet d'où il venait d'envoyer son reportage, Frédéric se rappela qu'Ayanleh lui avait raconté y avoir disputé sa première course. Le titilla l'envie de chercher sa maison d'enfance, ou plutôt ces fameux chemins des hauts plateaux où il courait. Un môme dans la rue lui nomma le lieu, il fut embauché comme guide et grimpa aussi fier qu'Artaban dans la voiture. Ils sortirent de la ville en longeant le cimetière des soldats italiens et les derniers campements. La route déserte contournait les massifs, au loin ondulaient des parcelles en patchwork jaune et vert. Frédéric appréciait le silence dans cette luminosité éblouissante du soleil montant. Longtemps raide, le regard fixé devant lui, comme hypnotisé pas le plaisir de rouler, le garçon commença à s'agiter en scrutant les vallons et soudain claqua des mains. Son doigt s'allongea vers le fond d'un champ en espaliers, pour désigner deux maisons dans une clôture de gentianes. On pouvait apercevoir une case en torchis sous son toit conique de chaume, l'autre crépie jusqu'aux tuiles.

En dégringolant vers le vallon d'espalier en espalier, Frédéric repéra un puits, un âne, commença à compter des moutons à laine noire, effilochée, graisseuse, quand une femme surgit du contrebas, alertée par la voiture, essoufflée. Pieds nus, un pagne terreux autour de la taille, un tee-shirt aux couleurs délavées de l'Unicef sur les épaules, elle tenait une houe. Elle les invita à s'asseoir.

C'était l'une des sœurs d'Ayanleh. Elle expliqua avoir labouré seule le champ, lorsque toute la famille s'était installée à Addis-Abeba grâce aux mandats envoyés par Ayanleh, et aussitôt elle disparut dans la maison le temps d'enfiler une robe. Elle prépara le café en interrogeant son hôte sur Paris, citant de mémoire tous les monuments dont Tirunesh lui avait envoyé des cartes. Elle s'assit à son tour, silencieuse un moment, pour évacuer la fatigue des travaux matinaux. Elle posa des questions sur la guerre au Nord d'où venait Frédéric, se fit décrire les champs en friche, les bêtes à l'abandon, les routes dévastées, soupira longuement. Elle exposa sans plainte son existence solitaire sur la parcelle, les sécheresses plus longues que jadis. Elle ne souhaitait pas parler d'Ayanleh, ne demanda aucune nouvelle. Frédéric s'en étonna, sans insister. Mais elle lui signala un prêtre, dans un village plus loin, qui avait patronné les premières courses de son frère.

Seule une croix mastoc ballottant sur sa poitrine au bout d'un ruban de velours différenciait le père Ionas d'un imam, la tête coiffée d'un turban, vêtu d'une ample toge blanche sur une djellaba. Une barbe prolongeait son visage bonhomme. Il accueillit Frédéric avec effusion sur la véranda en bois bleu de son église, qu'il lui proposa de visiter.

Des paires de claquettes sur le sol indiquaient une pièce réservée aux femmes ; à l'extrême opposé, une autre s'ouvrait pour les hommes. Des paroissiens priaient agenouillés sur des tapis, d'autres psalmodiaient, paumes ouvertes à plat face à leur visage, le front incliné vers les murs peints en vert ou bleu. Sur des peintures murales chevauchaient des cavaliers armés de sabres courbes, au combat face à des impies ou des animaux sauvages. Seules des icônes auréolées d'or et des Saintes Vierges d'albâtre plus ravies les unes que les autres consacraient l'orthodoxie du lieu.

Le père Ionas proposa un banc dans le jardin.

« Ayanleh, lorsque je l'ai remarqué dans une course de Paroisse, il n'était pas haut. Mais je n'ai eu aucun mérite, vous savez, aucun entraîneur éthiopien ne l'aurait manqué.

— Pourquoi ? Il courait déjà beaucoup plus vite que les autres ?

— Il courait plus vite que ceux de son âge, il rivalisait avec des aînés de deux ou trois ans, mais ce n'est pas cela. Ils sont légion, les gamins qui déposent derrière eux leurs camarades dans les courses de village et ensuite se consument. Lui...

— La fameuse rage de vaincre ?

— Non, certes non, aucune rage. Il montrait autre chose, aux antipodes, même. Comme une félicité qui adoucissait son visage dès qu'il s'élançait et ne disparaissait pas avec la fatigue des derniers mètres, une sorte de révélation singulière.

— Une révélation ?

— Oui, ou une illumination. Chez nous, beaucoup de gamins courent pour quitter le champ et la maison de torchis, avec parfois la rage de vaincre, comme vous dites, ou plutôt l'énergie du désespoir. C'est la parabole Abebe Bikila. D'autres, plus pragmatiques, courent pour arriver quelque part, ça ressemble plus aux rêves d'Yfter ou de Tulu, ils convoitent un beau mariage en fin de piste, l'adulation populaire et, derrière, le magasin import-export, les lunettes noires, la bagnole turbo. Ils foncent vers un Eldorado, avec en ligne de mire Gebreselassie, le nabab du business, sa banque, le boulevard de huit voies à son nom, son camp d'entraînement futuriste. Ayanleh n'est pas de ceux-là, il court pour le plaisir de traverser l'espace. Il ne part pas d'ici pour arriver là, atteindre ceci, il aime plus que tout courir et parcourir et perpétuer un geste ancestral. Il désire la victoire mais ne la sacralise pas. Il ne réduit pas la course à pied à un don qu'on fait fructifier.

— Il théorise ça ?

— Bien sûr que non, il n'en parle jamais. C'est une manière d'être, courir est un moment propice à l'imagination. Il y a du mysticisme chez lui. Parfois, on se demande s'il n'est pas déçu d'apercevoir une ligne d'arrivée, même au bout de quarante-deux kilomètres avec une meute d'adversaires à ses trousses.

— Une belle foulée ?

— Trop belle foulée. Je veux dire, trop déliée pour le marathon, pas assez économe. Il est de la famille des sautillants, sa foulée oscille et rebondit. Pour simplifier : sur le bitume, ses genoux remontent haut et son pied va chercher le sol loin devant lui dans un mouvement trop arrondi, donc il reste en l'air longtemps. Le marathon aime l'austérité, une sobriété de métronome et, à la fois, beaucoup d'élasticité pour préserver le corps des à-coups du macadam. Le pied de marathonien classique ne gaspille pas de tonus à s'élever haut du sol. Quitte à perdre de l'accélération, il sacrifie une longueur d'appui. Ayanleh, lui, court ample et en plus varie le rythme.

— Ce qui doit malmener les autres.

— Pas tant que ça. Les changements de rythme ne pèsent guère dans un marathon. Sur quarante-deux kilomètres, on provoque peu l'adversaire, on ne bluffe pas, on attend qu'il cède à l'usure, la sélection se fait essentiellement par l'arrière. Pour cela, j'envisageais Ayanleh sur une piste, où ses accélérations auraient causé des ravages.

— Mais ?

— Il ne se voyait pas accumulant des tours et encore des tours avec des gradins pour décors. Besoin d'une ligne d'horizon où poser son regard, de paysages, de routes, d'avenues, d'immeubles avec des gens aux fenêtres, sur le trottoir. Dans un stade d'athlétisme, le public se manifeste par des clameurs ; si sonores soient-elles, elles ne sont que brouhaha anonyme. Sur route, la foule vous serre et vous témoigne son émotion avec une sorte de familiarité. Vous lisez sur les lèvres votre nom, des paroles gentilles, vous voyez les mains qui se tendent ou applaudissent. Ayanleh aime cette simplicité avec le spectateur, même fugitive... Besoin de mythes aussi, ceux de ses ancêtres qui couraient. Le marathon, c'est la mythologie, tout de même.

— Vous lui avez modifié sa façon de courir ?

— Au début, il s'était tellement habitué à courir avec son cartable sous le bras droit, qu'il ne balançait que le bras gauche en courant.

Balancer ses deux bras pour rythmer une foulée symétrique fut la première modification qu'il me doit. Le reste, il l'a beaucoup perfectionné en observant. Il copiait les mouvements d'étirement à l'entraînement, il a appris à se tenir en peloton aux côtés des aînés, il a assimilé toutes les finesses tactiques. Il est né avec l'instinct des coureurs des hauts plateaux, il a l'intuition des champions, nul besoin de lui imposer des séances de vidéos.

— Physiquement, il est au-dessus du lot ?

— À ce niveau, personne ne peut plus se prétendre au-dessus du lot. On détecte tant de prodiges, on progresse en ergométrie du geste, en aérobie, en récupération. Ne serait-ce que dans notre pays ou au Kenya, c'est incroyable ce qu'on...

— Diriez-vous qu'il a un atout maître, un don particulier ?

— Un ? Si je devais en choisir un seul, je répondrais qu'il ne se cogne pas contre le fameux mur physiologique, contrairement à presque tous les marathoniens...

— Se cogner contre un mur physiologique ?

— C'est ainsi qu'on appelle le passage du trentième kilomètre, un moment précis où le coureur vacille.

— Pourquoi le trentième et pas le trente-neuvième, plus la distance est longue, plus il devrait...

— Des recherches en biopsie musculaire prouvent qu'à cette distance de la course l'organisme a grosso modo épuisé ses ressources en glycogène et qu'il doit chercher des réserves de secours, les acides gras. Les mêmes acides gras, d'ailleurs, qu'on trouve dans les bosses des chameaux. On pourrait les étiqueter "stocks des occasions exceptionnelles". Pour cela, l'organisme met à contribution le foie, le cœur, les poumons, de façon encore obscure. En français, je me souviens, l'expression est "piocher dans le dur", elle est jolie.

— Avec quels effets ?

— Ce métabolisme d'urgence accable le coureur un court moment, entre le trentième et trente-troisième kilomètre. Il éprouve la sensation de se cogner à un mur, ou de lutter contre une résistance invisible, les jambes en coton, les poumons brûlants, parfois il est victime de vertiges. Mais ce mur, il s'y cogne déjà la nuit d'avant dans son sommeil, car ça l'angoisse.

— Et Ayanleh, lui, il saute par-dessus ?

— L'organisme d'Ayanleh ne subit pas ce métabolisme, il absorbe naturellement ces nouveaux stocks. Ayanleh n'est pas le premier, Abebe Bikila n'en aurait jamais eu connaissance si on ne l'avait pas interrogé à ce sujet. Probablement parce qu'ils consomment du glucose avec parcimonie, ou que leur sang assimile mieux l'oxygène. Ayanleh en profite pour durcir l'allure, accroître le doute chez les autres. Étudiez ses grands marathons, il mate toujours ses adversaires à ce moment crucial de la course, même si certains ne se laissent guère distancer, à partir du trentième ils le suivent, trop carbonisés pour le menacer. »

Le père Ionas se leva pour inviter d'un geste Frédéric à marcher. Ils se promenèrent autour de l'église, dans le fouillis fleuri du jardin où se reposaient des gens, qui interrompaient leurs papotages à leur vue pour se signer.

« Donc, vous le repérez dans une course de Paroisse, et que se passe-t-il ? Vous avez quoi en tête, à ce moment-là ? demanda Frédéric.

— Savoir si la course pouvait être sa vocation, lui être bénéfique. Si elle allait le tirer vers le Bien ou vers le Mal, bien sûr, car je suis curé ; si elle lui permettrait de connaître une vie d'homme plus accomplie que celle de paysan qui devait être la sienne. Ne pas l'envoyer chez les marchands du Temple. Discuter avec ses parents de ces heureux auspices. Vous êtes passé par la maison paternelle, je crois ?

— Oui, en boue séchée, de la paille dessus, sans fenêtre. Plutôt fruste...

— Et plutôt solide, elle tient toujours. Des paysans qui travaillaient habilement une parcelle assez dense pour bien nourrir tous leurs enfants et les envoyer impeccablement vêtus à la petite école sans manquer un jour. Des gens sans jérémiades. Ils se présentaient à l'aise à leurs voisins, hospitaliers, très joyeux. Bons croyants, aussi. De belles filles à marier se promenaient dans les environs ; de la pluie deux fois l'an, des terres fertiles à défricher au-delà des champs. Ce n'était pas une évidence, de l'éloigner d'une pareille existence.

— Sans indiscrétion, quels furent vos arguments ?

— En vérité j'ai un peu rusé avec eux, j'ai revêtu la chasuble pour rendre visite au papa, je lui ai beaucoup parlé du catéchisme d'Ayanleh et très peu de course à pied. J'ai insisté sur la lecture des Saintes Écritures, de livres. Il a réfléchi, ces paysans sont très soucieux de l'éducation intellectuelle de leurs enfants. Il a accepté de libérer son fils des corvées agricoles réservées aux petits. Pendant plusieurs années, Ayanleh est venu à la Paroisse deux fois par semaine, s'entraîner. Mais je doute que son père ait été dupe bien longtemps.

— Quelle sorte d'entraînement ?

— Au début, je me suis contenté de lui prêter des baskets et un short, je fixais une montre à son poignet et lui disais : "Va courir pendant deux heures dans le vallon et reviens. Regarde ta montre. Pars au ralenti pendant la première demi-heure jusqu'à ce que la transpiration te dégouline sur le front, alors cours comme tu le sens, laisse tes jambes trouver leur rythme. Mais termine aussi vite que tu peux la dernière demi-heure, sans craindre les premières brouilles de la vue." Je le suivais aux jumelles. Quand j'ai compris qu'il ne musarderait jamais une minute derrière des acacias, même pour souffler en haut d'une pente, qu'il aurait bien caracolé une heure de plus si je le lui avais proposé, on a commencé l'apprentissage technique. J'ai étudié les fondamentaux à la meilleure école, j'ai été boursier premier choix à l'Institut des Sports de Moscou. Avant de rencontrer Dieu et de me consacrer à cette magnifique église. »

Il la contempla un instant et indiqua un nouveau banc appuyé contre un mur que s'appropriait une vigne ambitieuse.

« Vous n'allez pas refuser une bière Saint-Georges dans une église de l'Archange Michel, dit-il en glissant un billet dans la main d'un gamin qui détala aux commissions.

— Certes non. Et vous l'engagez dans les compétitions scolaires où il se distingue aussitôt.

— Ce fut plus compliqué. L'équivalent du marathon pour gamins, une compétition longue distance dans la nature, ça n'existe pas hormis quelques cross de village. Il a donc fallu l'obliger à ronger son frein ; puis le surclasser junior en trichant sur sa carte d'identité dans un marathon à Addigrat. Il l'a gagné la fleur aux lèvres. À peine la ligne franchie, il a commencé à respirer sans essoufflement. Je lui ai pris le pouls, il battait plus calme qu'une horloge. Il a remis ça à Addis mais cette fois les yeux des encadreurs se sont posés sur lui. Le bataillon sportif de la Garde présidentielle lui a mis le grappin dessus, puis la fédération l'a intégré dans le giron du haut niveau. Maison, limousine noire, offre de mariage, stages...

— Vous n'avez pas été tenté de le suivre ?

— Abandonner mes ouailles ? Vous n'y

pensez pas ! Mais c'est moi qui l'ai marié avec Tirunesh...

— Un beau mariage ?

— Des noces simples et élégantes, dans les jardins de l'hôtel Ghion. Le sponsor équipementier a tout payé. Un buffet régalant, des robes gracieuses et des nœuds papillons, des hommes d'affaires d'influence, un évêque en habit grenat, des artistes de la chanson, des champions. Je me souviens que le soir, les mariés et les dames d'honneur ont présidé le bal sur une estrade, devant une fresque qui représentait les oiseaux et les fleurs du désert d'Ogaden. En l'honneur de la province de Tirunesh où aurait dû avoir lieu la cérémonie, si sa famille n'avait pas été si misérable. Il y avait d'ailleurs plusieurs saris et châles somalis parmi les invités. Et plusieurs ministres et banquiers pour se répéter déçus d'avoir manqué le champion pour leurs filles. Ici, attraper un marathonien pour gendre, c'est très valorisant. Mais Ayanleh avait bien choisi Tirunesh sans gêne pour sa pauvreté. Elle lui avait dénudé une belle âme. Elle était resplendissante et elle l'est restée... Peu après, quand Ayanleh a couru dans le vaste monde, il n'a jamais cessé de m'appeler pour me relater des courses, demander des conseils.

— De quelle sorte ?

— Déchiffrer les théories de ses nouveaux coachs, étudier son calendrier de courses. L'organisme d'un marathonien est durement sollicité, il a besoin de se régénérer, d'accumuler de longs kilométrages en altitude pour fortifier le sang. L'alternance des phases de travail foncier et de récupération est essentielle. S'il cède aux sirènes des organisateurs, le marathonien se néantise. Abebe Bikila s'est aligné à quatorze marathons en tout et pour tout au cours de son immense carrière, et il ne courait aucun meeting sur piste.

— Ayanleh vous a demandé de prier avec lui, ou pour lui ? Vous a sollicité comme prêtre ?

— Jamais. Il est chrétien parce qu'il est né géographiquement dans une chrétienté, comme tous les siens...

— Mais il n'est pas croyant ?

— Il aime le religieux, la spiritualité, les cérémonies, surtout que les nôtres s'inspirent de l'orthodoxie byzantine et sont de ce fait magnifiques. Il a une profonde foi dans le divin comme tous les Africains, mais de là à requérir un avantage sur autrui à Dieu ou à un saint, ça lui est inconcevable. Prier pour une victoire ou contre un adversaire ne lui viendrait pas à l'esprit. Il attendait de moi une intervention religieuse plus didactique, des récits bibliques... Des contes populaires sur les coureurs des hauts plateaux. Des petites leçons métaphysiques. Il m'a invité, il m'a envoyé le ticket pour le marathon de Chicago et pour les Jeux d'Athènes.

— Vous y êtes allé ?

— À Chicago, oui, son premier marathon

américain. J'ai voyagé avec Tirunesh. Nous sommes arrivés une semaine à l'avance, nous avons logé plus haut que cent mètres, au trente-huitième étage d'un hôtel, le Chicago Hotel and Towers. On voyait la ville autour du lac comme une mer de lumières. C'est l'équipementier qui payait. On a repéré le parcours, puis on a visité le Loop, la Michigan Avenue, le Wrigley Building tout blanc ; même si Tirunesh n'avait qu'un petit pécule, elle voulait que je l'accompagne pour admirer les vitrines dans Magnificent Mile. On n'avait encore jamais visité de grands magasins. Heureusement, j'avais délaissé mes habits de prêtre. On a admiré le DuSable Museum of African-American History, les requins-marteaux de l'aquarium John Shedd. C'est ce qui nous plaisait le plus, les musées gigantesques, les buildings et les parcs pour se reposer et manger des pizzas. Ayanleh nous a rejoints mais il était accaparé par les soins et les entraînements.

— Et le marathon ?

— Il démarrait dans le Grant Park, devant des statues de lions, qui est l'animal emblématique de notre civilisation rastafarienne, comme vous savez. C'était un dimanche matin, un soleil très glacial nous attendait, une foule incroyable, et quarante mille coureurs. L'armada des Kényans est bien là, Njenga, Tergat Paul, Kimondiu, Githuka, et aussi l'Américain Culpepper, le Japonais Takaoka. Ayanleh n'est pas très entouré parce qu'il n'a encore rien gagné de si fameux mais nous, nous sommes sûrs que ça va être son jour.

— Un signe du ciel ? »

Le prêtre sourit.

« Il a volé à l'entraînement durant tout le mois, il respire léger, rien ne le trouble au départ, je vois bien qu'il a son regard des jours profitables. Avec Tirunesh et l'attachée de presse, nous guettons le passage de la Tribune Power, puis nous prenons le métro pour attendre les coureurs en haut de la ville, sur le Lake Shore Drive ; toujours autant de gens, des familles, elles encouragent les derniers comme les premiers, peut-être même plus, impensable. Ayanleh s'est calé derrière Tergat, qui est grand et abrite bien du vent ; sa foulée déroule, il ne se montre pas aux aguets. On redescend en métro pour les regarder franchir les deux premiers ponts sur la Chicago River. Puis Cathy, l'attachée de presse, une personne très plaisante, nous propose de monter en haut d'un gratte-ciel pour dominer toute la course du regard. Dans le hall, Tirunesh s'immobilise devant un grand écran, elle préfère la suivre à la télévision, on reste auprès d'elle.

« J'ai discuté de la course avec Ayanleh sans toutefois frotter les détails, car un parcours de marathon, tant que tu ne l'as pas éprouvé une fois, il reste imprévisible. Moi, je crains le Japonais, Ayanleh l'Américain, Tirunesh se méfie de Githuka, parce qu'elle se méfie en toute occasion des Kényans. On redoute surtout l'Amérique, cette foule, les centaines de milliers de dollars des primes, le vent très violent dans les avenues, parfois de face, parfois de côté. On a décidé qu'Ayanleh brusquerait les relais dans les vingt premiers kilomètres seulement s'il se sent bien, pour casser le travail d'usure des Kényans et les décourager. Qu'il se dissimulerait ensuite dans le groupe de tête, et qu'il attaquerait à l'entrée de Chinatown.

— Pourquoi Chinatown ?

— Facile à se repérer grâce aux pancartes chinoises, et c'est à six kilomètres de l'arrivée. Tout à coup, on le voit sortir, filer devant, sur un pont. Le South Halsted Street Bridge, je ne suis pas près d'oublier. On croit qu'il veut tester les forces des autres avant de rentrer dans la boîte, et puis non, il met les gaz. Tirunesh ne peut se retenir de crier devant la télévision : "Ayanleh, c'est trop tôt !" ; lui, il creuse le trou. Plus tard, il dira que la vue de l'eau scintillante sous le soleil a agi sur lui comme un déclic. Tirunesh me serre la main, soudain très calme : "Regardez, mon Père, il ne se retourne même plus, cette fois il est bien tout seul." On commente en tigrinya, main dans la main. Dans le hall, les gens comprennent que nous sommes intimes du coureur et ils se mettent à l'encourager. Vraiment, ils le choisissent pour champion. Ils nous sourient, nous tapent sur l'épaule, "That's great !" "Come on, come on !" "Wonderful job !", ils s'exclament, c'est comme s'ils le connaissaient depuis les culottes de la petite école, ils applaudissent, c'est incroyable. Ayanleh tire plus de cent mètres d'avance lorsque les coureurs déboulent dans la Michigan Avenue. On décide de quitter le hall pour assister à l'arrivée, tout le monde nous souhaite "Good luck !", on s'échange des signes d'amitié fugaces. On galope dans les rues en riant, on passe sous les barrages grâce à nos sauf-conduits. Dans le parc, la foule se resserre, on est freinés. Le temps de slalomer pour atteindre les barrières finales, Ayanleh a déjà gagné. On ne l'a pas vu couper la ligne, on rit. Dans le brouhaha, Cathy prend les affaires en main. Télévisions, réception au City Hall. Michael Jordan en personne remet la coupe au vainqueur. On rit de le voir si haut à côté d'Ayanleh. On est poussés dans un cocktail par un sponsor au vingtcinquième étage. Le soir, Cathy nous emmène écouter du blues au Buddy Guy's Legends. »

Les gens affluaient dans le jardin pour assister aux vêpres. Le père Ionas et Frédéric se turent un long moment, savourant leurs bières et l'illumination orangée de l'horizon.

« Puisque vous n'oserez pas me poser la question, je vous y réponds, dit doucement le prêtre. Non, je n'ai aucune explication quant au contrôle antidopage positif. J'en ignore même les formulations médicales, puisque je n'ai pu en discuter ni avec lui ni avec Tirunesh. À la fédération, ils ont accepté de me prendre au téléphone parce que je suis curé, mais pour ne répondre que des balivernes. Je ne sais rien de ce qui lui a sali le sang.

— Vos hypothèses ?

— Aucune, je vous parle sans nœud. Je m'étonne chaque fois que j'y pense, c'est-à-dire tous les jours. Ayanleh croit aux bienfaits des plantes, peut-être à des connaissances mystérieuses de guérisseurs ou de sorciers, mais il descend d'une civilisation trop ancienne pour se livrer comme ça à la chimie des Blancs.

— Cette chimie a fait beaucoup de miracles dans les stades, autour de lui, avec d'autres athlètes.

— Je pense que son christianisme se limite à l'Ancien Testament, dans lequel les miracles apparaissent très fantasmatiques. Les prouesses miraculeuses de Jésus, plus terre à terre ou plus opportunistes, ne sont pas populaires dans la région. Seule une faille dans l'existence d'Ayanleh aurait pu encourager la tentation du dopage, je n'en vois aucune. Ni convoitise ni nécessité. Je vois aussi qu'il est un Saho.

— Ce qui signifie...

— Pour les Éthiopiens, les Sahos sont des Tigréens, donc des gens trop altiers. Mais les Tigréens toisent les Sahos qu'ils considèrent comme des maladroits un peu rustres. En tout cas, ce ne peut être une ethnie de dupeurs. »

6

À la réception de l'hôtel, tendant la clef à Frédéric, le manager demanda à mi-voix :

« Vers la frontière d'Érythrée, cette fois, je suppose ? Dites-moi, qu'est-ce qui ne change pas là-haut... ?

— Tout. Chaque fois qu'on revient dans la région, on a l'impression de l'avoir quittée la veille au soir. Les bombardements semblent plus que jamais ne plus pouvoir s'arrêter. À force de persévérance, ils finiront bien par aplatir le peu qui branle encore d'aplomb. J'ai essayé, mais je n'ai pu obtenir de nouvelles de votre neveu. Son bataillon aurait bougé à l'ouest, sur le front de Badme.

— L'ouest. Aurez-vous le temps de m'accorder plus de détails dans mon bureau? Ah, une jeune dame est passée plusieurs fois. Elle vous a noté ce numéro où l'appeler. »

La rue Haïlemaryam-Mamo, qui se prend dans l'avenue de Russie, débute par une pente raide que dévalent des gamins dans des caisses à roulettes, suivie d'une montée comparable, et se poursuit ainsi en toboggan. En avance à son rendez-vous, Frédéric flânait tranquillement, s'arrêtant pour observer des parties d'échecs. Ni voiture ni klaxons ne troublaient leur quiétude. Des cafés s'intercalaient entre des marchés, des potagers descendaient en contrebas de part et d'autre de la rue. Des joueurs de Baby-foot défièrent Frédéric ; à leur grande surprise, il l'emporta en quelques coups de poignet magistraux et, grand seigneur, offrit une tournée de bières.

Tirunesh l'attendait à la terrasse d'un café. Un châle de soie turquoise sur les épaules, blouson Agnès b., jeans et tennis, elle lui sourit en lui tendant la main.

« Je suis désolé de vous avoir abordée ainsi... de vous avoir importunée l'autre soir au bar du Sheraton, s'excusa Frédéric. Je ne savais pas comment vous joindre.

— Je ne vois plus aucun problème.

— Vous y avez de bons amis, je crois.

— Ce sont des fréquentations de rescousse, si je puis dire. C'est la vie d'aujourd'hui qui m'emporte là. Et vous ? Vous avez voyagé loin, il me semble, vous êtes allé faire le journaliste dans la guerre du Nord, je présume ?

— Exact, vous savez comment nous sommes, nous les journalistes, au Sud, au Nord, toujours à mettre notre nez là... »

Tirunesh éclata de rire :

« Oh ça oui, je sais bien comment vous êtes.

— Ils vous ont si mal traitée, à Paris ?

— Non, jamais mal regardée dans les premiers temps, aucune mauvaise parole, jusqu'à la dégringolade, bien évidemment. Comment se présente la situation là-haut, dans le Tigré ?

— Les explosions jour et nuit, sauf le dimanche ; on entend toujours beaucoup d'obus, un drôle de silence parfois, on se sent toujours décontenancé. Certaines tranchées sont plus éboulées, les autres un peu mieux consolidées, vous imaginez. Dire qu'il reste beaucoup de choses à détruire serait exagéré, les soldats ne sortent plus des tranchées ; moins ils sortent, plus ils redoutent ce qui les entoure...

— Alors ça va durer. Encore plus de vingt ans ? Toute une vie ? Une guerre peut durer plus d'une vie ?

— Normalement, cette guerre peut continuer tant que les deux camps sont approvisionnés en obus qu'ils peuvent expédier de l'autre côté. Cela dit, une vie, c'est long pour une guerre, on est souvent surpris... Sur le retour, j'ai rendu visite au père Ionas dans son église, dans la région de Debre Damo. Très sympathique, on a parlé très tard dans la nuit. Il vous embrasse et se languit de vous impatiemment, ce sont ses mots. Je pense qu'il voudrait vous proposer une existence plus simple dans son voisinage, au calme, quand vous voulez. Je transmets le message... Le temps que vous souhaitez, avec une école pour les enfants, bien sûr.

— La vie m'éloigne des églises depuis un petit moment.

— Vous êtes fâchée avec la religion ?

— Non, ça, c'est impensable chez nous. Toutefois, j'évite les églises de connaissances et leur embarras. Vous lui avez précisé où vous m'aviez rencontrée ?

— Non ! Il ne m'a d'ailleurs posé aucune question. Il m'a raconté le marathon de Chicago, votre formidable escapade ensemble là-bas. Quelle journée inouïe, dites donc ! C'est l'un des jours les plus mémorables de la carrière de votre mari, je suppose ?

— C'est le jour qui nous a poussés dans le bonheur de la course. Mais les victoires à Athènes et à Pékin se sont montrées plus intenses. Médaille d'or olympique, c'est grand-chose. »

Ils bavardèrent en buvant un peu nerveusement des Coca et des bières, sous un ciel agité qui ne parvenait à se défaire de nuages noirs, qui eux-mêmes ne se décidaient pas à déverser leurs eaux, jusqu'à ce que Tirunesh se lève, à la fin d'un après-midi qu'ils n'avaient pas vu passer. Ils gravirent la première pente, elle lui tendit la main.

« Vous ne voulez pas que je vous raccompagne ? demanda Frédéric.

— Vous l'avez fait, c'est bien là que j'habite. »

Frédéric s'abstint d'appuyer son regard sur

quelques maisons de parpaings et de tôle, séparées par des fils à linges dans une ruelle boueuse où picoraient des poules, boueuses elles aussi.

« Vous allez quitter ? demanda Tirunesh.

— Sauf si vous souhaitez qu'on se revoie.

— Bon, alors je vous appellerai. »

Tirunesh ne proposait que des rendez-vous dans son quartier. Ils testèrent à peu près toutes les terrasses des cafés populaires de l'avenue Roi-Georges, d'où ils allaient chez les bouquinistes. Ou se retrouvaient au Moni, un boui-boui de quatre tables sur l'avenue Reine-Élisabeth, où la dame vous propose les plus fines pâtisseries de la ville.

Non sans fierté, Tirunesh fit visiter à Frédéric les arbres gigantesques et les fontaines de son ancien campus et, dans la foulée, le musée ethnologique, situé dans une aile du palais de Haile Selassie ; elle l'introduisit dans les bistrots d'étudiants alentour ; lui fit les honneurs de son église, Sainte-Marie, toute de bois bleu et de fresques lumineuses, si paisible qu'ils passaient de longs moments ensemble sur sa pelouse, souvent en silence, sans se donner la peine d'entretenir une conversation. Elle lui proposa un tour au zoo. Frédéric y découvrit des chats d'Abyssinie enfermés dans des cages, qui lui rappelèrent les bons gros chiens de bergers dans le zoo de Belgrade que les habitants avaient substitués aux fauves, morts de faim et de froid, durant la guerre ; et les bêtes sauvages de la savane que les visiteurs s'évertuaient à houspiller à l'aide de branches, à narguer, comme si chacun d'eux avait hérité d'un mystérieux contentieux avec les fauves, surtout les lions, véritables boucs émissaires assaillis de gamins, ce qui étonna Frédéric et amusa Tirunesh.

L'humeur enjouée de Frédéric permettait à Tirunesh d'oublier par moments son inquiétude. Il apportait des Coca aux enfants lorsqu'il la raccompagnait devant chez elle, parfois organisait des matchs de football dans la rue jusqu'à épuisement. Jamais il n'évoqua le bar du Gaslight, il ne lui proposa aucun rendez-vous avant l'après-midi afin de préserver son sommeil matinal. Il la complimentait sur son teint de jeune fille. Ils bavardaient. La curiosité de Tirunesh pour la guerre du Moyen-Orient, la précision de ses questions surprirent Frédéric jusqu'à ce qu'elle lui raconte des épisodes prodigieux de l'Ancien Testament, lui révélant une érudition colorée sur les héros et les tribus d'Israël, les guerres en Terre Sainte telles qu'on les enseignait au catéchisme à Jijiga.

L'air de rien, au hasard d'une conversation, Tirunesh se montrait aussi très intéressée par les micmacs de journalistes, sur lesquels elle lançait des remarques faussement anodines.

« Leur comportement au moment de l'affaire d'Ayanleh vous a beaucoup déçue, non? demanda-t-il un jour.

— Plus abasourdie que déçue, mais je l'étais déjà bien avant l'accident du contrôle.

— En quoi ? Ça m'intéresse.

— Ils exposent les événements comme s'ils lisaient dans les pensées de ceux qui les vivent. Par quel prodige ? Quel don d'ubiquité ?

— Ils posent des questions...

— Mais ils posent les questions et les réponses, et chaque fois que vous êtes concernés personnellement dans un article, vous ne vous y reconnaissez pas du tout.

— Exemple ?

— Bon, la fameuse jalousie entre les Kényans et les Éthiopiens. Ils dépeignent la rivalité héréditaire entre les guerriers des Cherangani Hills et ceux des plateaux d'Arsi, les Kalenjis contre les Oromos. Je me souviens d'un titre qui nous avait tant fait rigoler, « Du rififi dans la vallée du Rift », dans *Le Monde* je crois.

— Et ?

— Ayanleh n'est pas oromo mais saho, et les Sahos semblent très bien s'accorder avec les Kalenjis, d'après ce que je vois. Franchement, Ayanleh n'a pas beaucoup connu l'amitié en équipe éthiopienne, mais dans l'équipe kényane, oui, plusieurs amis fidèles. Il se plaisait à voyager avec Robert Cheruiyot. Il s'est très bien compris avec Samuel Wanjiru, à Pékin, lequel lui a gardé sa haute estime malgré sa triste défaite. Mais surtout avec Paul Tergat, ils ont pris le départ de maintes courses côte à côte en grande amitié. Chaque fois que Paul faisait un stop à Paris, il dormait chez nous, il mangeait l'*injera* dans notre plat... Pareillement cette supposée filiation entre Haile Gebreselassie et Ayanleh, le maître et le disciple...

— Fausse ?

— Ayanleh a grandi dans la tradition comme tous les enfants campagnards, il acceptait les règles de bienséance dans l'équipe. Il respectait Haile, autant que tous ses adversaires, parce qu'il respectait la course. Mais, franchement, la renommée de Haile, il s'en fichait. Le palmarès, la banque, le Haile Resort Hotel quatre étoiles, ça ne l'intimidait pas. Ni révérence ni irrévérence. Le respect dans la course ne signifie pas le respect au village. De toute façon, il ne se tourmentait pas de ses adversaires, il ne portait aucun œil ennemi sur eux, aucune inquiétude, aucune méfiance... Il aimait simplement les entendre souffler derrière lui jusqu'à la ligne d'arrivée, si je puis dire.

— Pourquoi, à votre avis, ces divagations de la presse ?

— Les journalistes courent derrière les histoires à frissons. Ils travaillent avec des modèles mythiques en tête, David et Goliath, Samson et Dalila, les Quatre Mousquetaires, et ils veulent y faire entrer leurs gens, sans se gêner pour les bousculer. Qu'est-ce que je n'ai pas entendu sur les romances d'Ayanleh et je ne sais plus quelles Jamaïcaines !

— Il ne vous a peut-être pas tout dit », taquina Frédéric.

Tirunesh s'esclaffa :

« Moi, je sais qu'une Noire, il en avait déjà

une dans son lit et n'en cherchait pas d'autre. Une blonde championne suédoise, hum, je ne dis pas, je me serais plus inquiétée. Mais c'est au sujet de Nathan Ossipovnitch que nous avons lu le plus de bêtises.

— Comme quoi? »

Elle se tut un moment, haussa les épaules, écarta une pensée d'un geste de la main.

Il l'interrogea sur la carrière d'Ayanleh. Elle se mit à la raconter d'une voix douce qui jamais ne se troublait.

De retour de Chicago, Tirunesh et Ayanleh s'installèrent — emmenant avec eux la famille d'Ayanleh — dans une grande maison, située entre les jardins de l'ambassade du Venezuela et la villa de la chanteuse Ejigaheyehu Shibabaw.

Tirunesh mit au monde sa première fille peu avant la victoire d'Ayanleh au marathon de New York. Elle était de nouveau enceinte l'été des Jeux d'Athènes. À quelques semaines de la cérémonie d'ouverture, Ayanleh s'en alla rallier l'équipe éthiopienne à Thessalonique afin de s'accoutumer à la moiteur caniculaire des étés grecs, puis s'installa au village olympique. Tirunesh le rejoignit la veille de la course, en compagnie du prêtre Ionas.

Ayanleh savait le parcours historique entre Marathon et Athènes l'un des plus accidentés du monde, en théorie trop casse-pattes pour sa foulée ample. Mais le jour J, dans la touffeur polluée de la fin d'après-midi, rien ne pouvait fendiller sa confiance, il se sentit de plus en plus impatient d'affronter le bitume ramolli par la chaleur. L'équipe éthiopienne se présenta au départ en deux clans. Celui de Haile Gebreselassie, l'élu de la capitale Addis-Abeba, que ce marathon devait consacrer au Panthéon des coureurs ; autour de lui sa cour, la délégation éthiopienne, les chroniqueurs, ses *impresarii* et ses lièvres dévoués. L'autre clan se réduisait à Ayanleh, vainqueur à New York et à Chicago, qui avait déjà sacrifié ses chances au service d'un aîné quatre ans plus tôt à Sydney, et son ami Tolosa Ambesse, champion junior, un Saho du Tigré lui aussi.

Dès les premiers kilomètres, les deux amis joignirent leur course, mais aussitôt Ayanleh perçut, à un halètement rauque dans la respiration de Tolosa, que l'air moite allait l'empêcher de soutenir l'allure à son côté. Il choisit de chercher alliance chez les deux Japonais, Shigeru et Toshinari, pour surveiller les Kényans qui, comme à l'accoutumée, couraient en escouade solidaire.

Tirunesh, à côté du père Ionas, suivait la course sur un écran géant dans le cirque antique de Panathinaïkos où se disputerait l'arrivée. Dans la descente en faux plat des banlieues d'Athènes, l'Italien Stefano Baldini s'échappa, de cinquante, cent mètres. Par respect, Ayanleh se rangea près de Haile Gebreselassie et attendit sa riposte, prêt à l'épauler, le tirer à la poursuite du fugitif. Aucune réaction, Gebreselassie, le buste aussi droit que d'habitude, mais le visage figé, paraissait hébété, presque exténué ; ses poumons happaient l'air, ses jambes s'étaient mises en pilotage automatique, sa foulée s'était trop mécanisée pour accepter le changement de rythme exigé par l'attaque de l'Italien. Ayanleh croisa son regard éperdu et comprit. Il revint en tête du peloton, lâcha la bride à l'Italien pour lui donner confiance le temps qu'il disparaisse hors de leur vue, et il y alla, s'extirpa à son tour du peloton, en puissance, allègre, en souplesse, personne à ses trousses. Trois rues plus loin, il monta à hauteur de l'Italien, le passa. L'Italien s'accrocha à lui sans exprimer le moindre signe d'une connivence tacite entre échappés. Ayanleh sentait les réflexes de son rival plus résignés à chacun de ses à-coups. À huit kilomètres de la ligne, Ayanleh accéléra encore, le décramponna, un mètre, deux, dix... Tout au bout, dans la tribune du stade, Tirunesh détourna ses yeux de l'écran géant vers le visage du père Ionas, qui, lui aussi, sans un mot, hilare, radieux, avait vu que ce serait l'or olympique.

Réceptions et éloges se succédèrent à Addis-Abeba, dans les jardins de la Présidence, au salon d'honneur du Sheraton, jusqu'à la mairie d'Addigrat dans le Tigré. Ayanleh et Tirunesh suivaient en compagnie des autres médaillés.

Un soir, Tirunesh lisait dans leur maison. Deux limousines se garèrent dans l'allée. Par la fenêtre, elle aperçut Ayanleh précédant un Blanc au visage mal rasé, cheveux mi-longs, jeans en accordéon sur des boots.

« Mon épouse, dit Ayanleh à l'étranger sur le pas de la porte. Tirunesh, je te présente Monsieur Nathan Ossipovnitch. Il voudrait te parler. »

« Comme Blancs, j'avais bien connu des Français à Addis, et des athlètes au village olympique, continua Tirunesh. Mais personne d'un pays si lointain. Lui, il a grandi dans la vaste Asie centrale.

— Ils sont si différents, si lointains ? » demanda Frédéric.

Tirunesh rit :

« Pour eux, s'accorder avec un Noir n'est pas aussi compliqué que pour vous. Pas de zigzags. Nathan voulait Ayanleh dans son team à Paris. On s'est bien parlé, on s'est respectés, on a rigolé, on a topé. On a mangé dans le plat de l'amitié. »

Le consul de France, ancien proviseur au lycée français d'Addis-Abeba qui se souvenait de Tirunesh au premier rang de sa classe, accéléra la délivrance des visas et, quelques semaines plus tard, la famille s'envola vers Paris dans le jet du magnat kazakh.

« Les premières impressions ? demanda Frédéric. Vous vous êtes installés rue Guynemer, m'a dit Ayanleh, pourquoi ?

— Les impressions furent inoubliables. Je

pouvais entendre de tous côtés parler le français, la langue de tous les livres que j'ai aimés. J'avais vu Paris à la télévision et dans des livres, mais là, ce fut autre chose. L'Ishim Club nous ouvrait un appartement rue Guynemer dans un immeuble de Nathan. Sur le même palier, on croisait la sprinteuse jamaïcaine Veronica Campbell. Plus bas, le sauteur suédois Christian Olsson. Y habitaient aussi une comédienne de théâtre fameuse, un animateur de Canal Plus qui circulait à vieille mobylette. Un autre monsieur très plaisant qui se disait metteur en scène roumain — il connaissait Nathan et ne manquait jamais de soulever son feutre au passage des dames. Et des familles françaises que l'on n'a pas fréquentées car elles se plaisaient surtout entre elles ; sauf les enfants, qui demandaient des autographes. Un véhicule de police était garé près de l'entrée nuit et jour, pour la protection d'une diplomate israélienne, très gentille avec nous, qui ne se fatiguait jamais de nous questionner sur l'Éthiopie et appelait ma fille "ma sublime princesse de Saba". Le long du jardin du Luxembourg ! »

Le jour de leur arrivée, une voiture de l'Ishim Club prit Ayanleh pour l'emmener visiter les installations et y subir une batterie de tests physiologiques. Tirunesh traîna dans l'appartement, ouvrant des cartons. L'irruption du soleil par la baie vitrée l'incita à sortir. Elle cala sa fille sur sa hanche, franchit le hall lambrissé de tek blanc, traversa la rue vers les grilles noires, hérissées de piques or, risqua un pas dans le jardin, perplexe, fut encouragée par les gestes d'un groupe d'Irlandais expansifs, qu'elle suivit sous les arbres, jusqu'à déboucher sur les terrasses du Sénat et la foule. Accoudées aux balustres, la mère et la fille observèrent un moment les palmiers, et les familles qui surveillaient la navigation de leurs voiliers sur l'eau du bassin, les gens affalés dans les fauteuils à la chaleur du soleil, les touristes se prenant en photo autour, puis elles retournèrent s'asseoir à l'ombre des arbres.

Elle y revint chaque jour au cours des années suivantes, derrière le landau de la petite fille ; puis celui du petit garçon avec la fillette à ses basques. Ils explorèrent le jardin en allant fouiller les coins cachés. Lors des premières promenades, dans la foule, Tirunesh s'étonna des regards, à l'évidence surpris, que beaucoup de gens portaient alternativement sur elle et sur sa fille, comme sur une anomalie. Jusqu'à ce qu'elle comprenne que les Noires poussant landau dans ce jardin étaient des nounous qui oxygénaient des bambins blancs du quartier et formaient une espiègle congrégation afro-indonésienne à laquelle elle s'intégra avec bonheur.

Au début, elle tendit à se cantonner dans le fouillis anglais des bosquets, les clairières bordant sa rue Guynemer, rassurée par les manèges, la simplicité des boulistes et des joueurs d'échecs. Au plus froid de l'hiver, elle se plut dans une solitude de grisaille, tantôt givrante, tantôt humide, à peine troublée par des promeneurs, leurs soucis et leurs rêves, certains tirés par leurs chiens, d'autres emmitouflés et assis face à un buste, un fusain à la main, ou humant le parfum d'écorce des grands chênes. Elle aimait la compagnie des statues des reines, blanches et calmes, qui la replongeaient dans une histoire de France apprise au lycée d'Addis-Abeba. Autour de l'esplanade, elle s'amusait à les raconter aux enfants, Clotilde, Marguerite de Provence, Anne de Beaujeu, perplexe et pensive, Marguerite de Navarre, Louise de Savoie et son air méchant et bien sûr Marie de Médicis, autoritaire probablement, mais si puissante et sûre. Le week-end, les visites étaient consacrées aux bustes de Flaubert, Verlaine, Baudelaire et autres, dissimulés sous les branches d'arbre.

Elle aima se joindre au public des concerts sous les kiosques, pique-niquer sur les pelouses envahies par les lycéens de Montaigne. Mais son repaire favori était la fontaine Médicis. Se blottir sous la charmille, en compagnie d'habitués, loin du passage de la foule, écouter le bruissement de l'eau, passer des matinées assise face à la nappe brune cachée sous la coupole des platanes. S'oublier aux vocalises d'un merle et à la réponse de sa compagne, fredonner des chansonnettes éthiopiennes avec ses enfants, sous les bienveillants encouragements des canards, pour combler les absences d'Ayanleh.

Ayanleh rentra fatigué de sa première visite au club, accompagné de deux types un peu patibulaires. Gentils, ils entreprirent de déplacer meubles et bagages selon les indications de Tirunesh, et repartirent sans avoir prononcé trois mots de français. Derrière eux, Tirunesh et Ayanleh sortirent, excités par leur première soirée à Paris, insouciants aussi. Ils marchèrent, les yeux captés par les façades d'immeubles, déambulèrent au gré du nom des rues, rue Madame, rue Bernard-Palissy, ils découvrirent le fronton laid, même dans les ténèbres, de l'église Saint-Sulpice, les pavés de la rue Servandoni, s'exclamèrent en tombant enfin sur le boulevard Saint-Germain qu'ils prirent un moment. Ils entrèrent dans une crêperie de la rue des Canettes. Ayanleh ne parla que du club, Tirunesh le sentit à l'aise.

Avant l'aube, il se leva pour courir. À son retour, l'apercevant en train de grimper quatre à quatre l'escalier de service en survêtement vert, un voisin, qui descendait sa poubelle, demanda au gardien d'appeler le commissariat et, plus tard dans l'après-midi, envoya sa fille frapper à la porte avec une lettre d'excuses.

Hiver comme été, Ayanleh se réveillait à quatre heures du matin, comme jadis dans le Tigré au bruit des animaux et des casseroles de la cour, puis il entamait une séance d'assouplissement. Dans les ténèbres silencieuses du salon, il étirait en douceur chacun de ses muscles. Tirunesh se levait peu après afin de préparer l'*injera* et le café, comme elle le faisait à Jijiga. Ils mangeaient en bavardant. Puis, Ayanleh partait à petites foulées sur le trottoir, descendait vers la Seine par la rue Bonaparte ou la rue Mazarine et l'Institut de France, ou contournant les grilles closes du Luxembourg, le Panthéon, et dévalant les ruelles de Jussieu. Sur les quais, il prenait à droite en direction du bois de Vincennes. Il aimait courir au bord de l'eau dans le calme matinal. Les quais sentaient fort le fleuve ; les ponts lui devenaient familiers, celui des Arts, celui d'Austerlitz, la passerelle de Bercy, la proue de l'Île de la Cité, les grues et les silos de Tolbiac, les pelouses, les bivouacs de silhouettes assoupies sous les sacs de couchage et les cartons, et de chiens qui ouvraient un œil à son passage. Les péniches alourdies de gravier ou de ciment, dans les premières lueurs du jour, le saluaient de leurs trompes. Parfois il retrouvait au bois d'autres athlètes pour courir de conserve.

En fin de matinée, Ayanleh avait parcouru une cinquantaine de kilomètres. Tirunesh l'accueillait avec entrain à son retour. Il s'allongeait sur le tapis, elle, assise en face de lui, lui massait les pieds. De ses paumes, elle pressait ses plantes de pied, détendait ses doigts, frictionnait les chevilles, lentement. Ils aimaient ce moment de silence, de recueillement. Au contact de ses chevilles souples, de la fine corne qui recouvrait le dessous, les mains de Tirunesh palpaient toute la force que ces pieds puisaient dans le sol au long des courses et qu'elles partageaient.

Ensuite ils déjeunaient en famille, chahuteurs, sur le tapis autour d'un plateau d'étain, puis Ayanleh s'endormait en compagnie des enfants. Le sommeil le plus profond de tous. Après la sieste, il se rendait au club pour des sessions chronométrées sur piste.

Une coach japonaise se proposa d'emblée de le prendre en main. Elle s'appelait Junko Asari, championne mondiale du marathon à Stuttgart et disciple de l'Académie d'Osaka, l'une des écoles les plus prolifiques en champions et recordmen du marathon, et surtout fameuse pour sa doctrine sur les entraînements séquencés. Junko tenait une chaire de biomécanique musculaire, et elle entraînait deux championnes d'avenir, Ari Tchilashi et Hironi Suzuki, lorsqu'elle fut contactée par Nathan Ossipovnitch. Elle abandonna tout pour tenter l'aventure de l'Ishim Club, avec appétit, pour s'ouvrir à un monde athlétique plus éclectique.

Très matinale, elle ouvrait le club, son ordinateur ultrafin dans la main, sur lequel, dans le silence de son bureau, elle dessinait des graphismes de performances, notait ses observations et imprimait les feuilles d'entraînement qu'elle distribuait à ses coureurs à leur arrivée.

L'allure d'Ayanleh la fascina immédiatement. Elle tenta de l'initier à ses théories pour l'amener à un travail plus quantifié, sans succès. Ayanleh l'écoutait, l'interrogeait avec curiosité, mais à la pointe de chaque matin il partait de la rue Guynemer courir sa cinquantaine de kilomètres par les quais et les bois, sans montre, jusqu'à ce que la fatigue et la faim lui envoient le signal du retour. Rien ne pouvait altérer cette envie de courir ainsi. Quand Junko Asari comprit qu'elle ne le convertirait pas à son credo, elle envisagea de rompre leur collaboration, mais, plus captivée que dépitée par l'obstination insouciante d'Ayanleh, elle se plongea dans des ouvrages sur les hauts plateaux. C'était le premier Africain qu'elle entraînait et, passant outre certitudes et obsessions, elle se mit à percevoir chez Ayanleh une inspiration originelle inconnue d'elle. Il progressait et s'épanouissait contre sa logique, elle était trop passionnée de compétition pour ne pas être excitée par cette antilogie. Elle admit l'exception dans sa méthode, intégra l'instinct d'Ayanleh dans ses données et s'investit dans son *coaching* en lui témoignant un énorme attachement. En contrepartie, Ayanleh accepta volontiers l'expérimentation d'un travail disséqué l'après-midi, à l'aide de minicapteurs et autres instruments dont ils discutaient amicalement ; ces séances étaient suivies de soins entre les mains d'Hanna, une ostéopathe tchèque. Parfois Ayanleh était retenu par des gens du marketing ou l'attachée de presse, il se laissait faire.

Le samedi, il se contentait de courir le matin, pour jouer avec les enfants après le déjeuner, et le dimanche, uniquement l'après-midi, dès la sortie de la messe. Il affectionnait la discrète église Saint-Éphrem de la rue des Carmes car elle observait le rite orthodoxe d'Orient. La famille s'y rendait à pied. L'église proposait des concerts de musique de chambre, Ayanleh et Tirunesh y assistèrent pour s'intégrer à la paroisse. Ces concerts inoculèrent le virus du chant à Ayanleh, au grand épatement de son épouse, et très vite il devint fada d'opéra.

Tirunesh, plus séduite par la beauté des coupoles de la cathédrale Saint-Alexandre-Nevsky, sur la rive droite, près des Ternes, émerveillée par les icônes et les vitraux, les chœurs russes, parvenait à y tirer Ayanleh de temps en temps, malgré la défiance de celui-ci à l'égard de la liturgie russe. Un dimanche, sur le parvis, ils tombèrent nez à nez avec Nathan Ossipovnitch, élégant dans un long manteau en astrakan, avec, à son bras, une grande fille blonde, et entouré de sbires mal rasés, accompagnés de leurs épouses ou copines, des gens d'affaires aussi, probablement. Il invita tout le monde à déjeuner dans un restaurant du Faubourg Saint-Honoré. Ils y chantaient encore lorsque Ayanleh s'éclipsa pour aller courir dans le jour déclinant.

Ayanleh s'envola en Amérique pour le marathon de Boston, en compagnie de Junko, Hanna et Cathy — la coach, l'ostéopathe et l'attachée de presse. Ni Tirunesh, fatiguée par sa grossesse, ni Nathan, en voyage au Moyen-Orient, ne pouvaient se joindre à eux. Sur la ligne de départ à Hopkinton l'attendaient un crachin, une bousculade de milliers de participants et une foule familiale comme il n'en avait jamais vu. Était aussi au rendez-vous l'armada des Kényans, déterminée à ne pas se laisser dépouiller de la victoire et de la prime. À mi-parcours dans les rues de Natick, le Kényan Wilson Onsare se détacha brutalement. Alerté par cette précoce attaque, Ayanleh remonta le peloton jusqu'au groupe de tête. À Wellshley, un autre Kényan, Benjamin Kipchumba, fusa à son tour au coin d'une rue, Ayanleh hésita mais renonça à le poursuivre et à se retrouver isolé à ce point, pris en sandwich entre deux Kényans, si tôt et si loin du final. Wilson Timothy Cherigat, sur la fameuse Route Sixteen, s'arracha du peloton, puis Robert Cheruiyot, champion en titre, s'échappa comme s'il entamait le dernier kilomètre, pour rejoindre ses trois compatriotes devant. Ayanleh comprenait la stratégie kényane mais, gêné par Thomas Omwenga qui le serrait au short depuis le départ, il se trouva trop seul face à ces échappées et un peu submergé par la fatalité.

Au trentième kilomètre cependant, il change de rythme comme il l'a prévu avec son coach. Animé par la seule volonté de tout donner, il ne songe plus à la victoire mais à réussir une course pleine, ne pas se lamenter. Rien n'avive plus le sentiment d'une défaite que le regret, il le sait, il allonge sa foulée, tire sur les muscles, met la machine dans le rouge, poumons brûlants malgré la bruine, tympans bourdonnant de l'afflux du sang et des cris des gens. Dissoudre le sentiment d'échec dans l'épuisement. Il s'apprête à terminer derrière et isolé. Mais un énorme chahut d'étudiants massés devant un collège l'intrigue et, immédiatement après, au bout de la Commonwealth Avenue, apparaît une première silhouette noir, rouge et vert ; devant, une deuxième silhouette. Ayanleh se sait à bloc, il ne peut plus accélérer l'allure, il s'exhorte mentalement à ne rien céder, ne pas ralentir d'un iota, il parvient à maintenir son effort, reconnaît Benjamin Kipchumba et Wilson Onsare, dont chaque mouvement de bras saccadé souligne l'épuisement. Ayanleh se déporte sur l'autre bord de la chaussée lorsqu'il les dépasse pour ne pas leur donner prise, et aucun ne tente de s'accrocher à lui. Ayanleh ne distingue plus la pluie de sa transpiration dégoulinante sur ses paupières, il se laisse aspirer par les clameurs. Dans Brookline, Timothy Cherigat et Robert Cheruiyot sont en ligne de mire, ils semblent l'attendre, se cramponnent à son train lorsqu'il passe. Ils courent un moment en trio mais Ayanleh comprend qu'ils ne peuvent plus réagir à ses accélérations. Cette fois, il lâche les chevaux. Plus nécessaire de se persuader de rien, ses mains s'ouvrent et se détendent comme il veut, l'air ne siffle plus dans sa gorge, ses mollets ne lui font plus mal, aucune sensation de fatigue, l'humidité de l'air lui caresse le visage, l'eau désaltère sa bouche, il jubile de se mouvoir si vite, il se sent terriblement heureux d'être là, d'entendre les gens. Le macadam se déroule sous ses pieds comme un tapis roulant, il n'entend plus le halètement des deux Kényans, il se délecte du plaisir de reporter le moment de se retourner pour constater l'écart, il n'y pense plus, il oublie les autres, il fonce. Il gagne en traversant la foule immense à Copley Square qui se referme sur lui. Tous ces cris, ces clins d'œil, ces tapes sur les épaules l'amusent, seule la crispation de l'effort l'empêche de rire.

À son retour, l'Ishim Club lui transmit une invitation pour le gala annuel de l'Unicef, organisé au musée d'Orsay. Tirunesh et Ayanleh s'y rendirent dans leurs habits d'opéra, elle dans un magnifique sari somali, lui en costume gris sombre sur chemise gris clair, sobre. Bras dessus bras dessous, ils avancèrent timidement sous l'immense coupole illuminée. L'allée monumentale, toute en teintes beiges, dégageait une atmosphère chaleureuse sans sa bousculade de visiteurs, peut-être grâce au silence, se dirent-ils.

De petits groupes d'invités se baladaient entre les sculptures. Pour se donner contenance, Tirunesh et Ayanleh s'attardaient à examiner *La Femme piquée par un serpent* d'Auguste Clésinger, lorsqu'un majordome les invita à se rendre dans la salle des fêtes un étage plus haut. C'était une pièce éblouissante, très haute, déjà bondée d'invités. Ayanleh et Tirunesh se glissèrent le long d'un mur. En chuchotant, ils admirèrent les fresques bleues, les guirlandes de cristal, les stucs et les boiseries sculptées. Des fenêtres donnaient sur la Seine, illuminée par les rubans des phares de voiture le long des quais; derrière reposaient les ombres des Tuileries et du Louvre. Ils s'amusèrent à tenter d'identifier les invités, Tirunesh menant le jeu grâce à son assiduité sur Internet. Ils reconnurent immédiatement l'acteur Pierce Brosnan et l'actrice Maggie Cheung, le ténor Vincenzo La Scola — le favori de Tirunesh — et le présentateur Patrick Poivre d'Arvor. Ils rejoignirent une petite assemblée de Noirs qui s'était déjà formée un peu à l'écart, autour du buteur Samuel Eto'o, d'une élégance princière, de Marcel Dessailly faisant le clown, du sprinter Frank Fredericks. Ils furent rapidement happés par les autres convives. Le champion marocain Hicham El Guerrouj s'approcha d'Ayanleh pour discuter avec lui. Une femme, chatoyante dans une robe haute couture, se présenta à Tirunesh comme la comédienne Jirina Jiraskova et se dit enchantée de pouvoir bavarder avec une Éthiopienne. Elle la prit par le bras, elles sortirent se promener sur la mezzanine Seine entre les œuvres de Falguière, s'entretinrent longuement de l'Éthiopie, de l'Érythrée et de leur guerre. La comédienne tchèque exprima une immédiate affection pour Tirunesh, qu'elle présenta à diverses personnes et, surtout, invita avec insistance chez elle à Prague.

Le bruit des bouchons de champagne aimanta les hôtes vers le buffet. Quelques photographes en costume se permettaient d'interrompre les conversations pour faire des portraits. On parla beaucoup de Haïti, de Barack Obama et des inondations à Ouagadougou. À un moment, le patron de l'Unicef vint saluer Ayanleh en compagnie de l'académicien Jean-Christophe Rufin. Il engagea la conversation sur les jeux Olympiques d'Athènes, le félicita pour sa victoire à Boston et lui confia qu'il l'avait invité à cette soirée avec un motif solennel, celui de lui proposer le titre d'ambassadeur de bonne volonté pour l'Unicef Éthiopie. Un instant désemparé, Ayanleh accepta l'offre après une œillade de Hicham El Guerrouj, et tout le monde, autour d'eux, leva sa coupe.

La soirée s'acheva par une visite en défilé des salles. Ayanleh et Tirunesh se cantonnèrent chez les impressionnistes, tous deux s'entendant pour élire le *Bal du moulin de la Galette*, *La Liseuse* de Renoir et *Le Lit* de Toulouse-Lautrec. Puis ils repartirent à pied dans la nuit, ils descendirent sur les quais, longèrent la Seine au plus près de l'eau, se retrouvèrent heureux, sans un mot. La pluie avait lavé les pavés qui luisaient joliment sous les lampadaires ; ils riaient lorsqu'ils se trouvaient pris dans les projecteurs des bateaux-mouches.

Quelques jours plus tard, la directrice de l'Institut pour l'Éducation convia Tirunesh au restaurant panoramique de l'Unesco, elle l'interrogea une partie de l'après-midi sur son enfance à Jijiga et lui proposa de participer à une commission consacrée à l'alphabétisation dans les provinces désertiques du Danakil, l'Hararghe et l'Ogaden.

Tirunesh prit à cœur son rôle de conseillère autochtone auprès des experts de l'Unesco, elle ne ménagea pas sa patience pour tenter de leur traduire au mieux la singularité des villages et des campements, elle parvint à les mettre en contact avec diverses associations d'enseignants de là-bas; plus encore elle s'investit dans l'animation de sites Web pédagogiques et se rendit à chaque convocation de la commission, place de Fontenoy, appréciant, sur le trajet, par la fenêtre du bus de la ligne 82, les arbres et pavés de l'esplanade de l'École militaire, la tour Eiffel omniprésente dans ce paysage paisible.

7

Tirunesh aurait aimé promener dans Paris sa grand-mère qui en avait beaucoup rêvé, mais elle butait sur son refus de grimper dans l'avion à Jijiga. Les frères et sœurs d'Ayanleh, eux, débarquaient d'Addis-Abeba chaque été, chargés de sacs d'épices et de disques. C'était le temps des galettes *injeras* géantes dans le salon de la rue Guynemer, du *tifto beat* ou du poulet *doro wat*, du *niter kebbeh* ranci sur le balcon, de la Castel qu'Ayanleh avait dénichée dans une boutique de bières du monde, à Cardinal-Lemoine. Des nuits à s'échanger des nouvelles des connaissances, à discuter sans fin de la guerre et à écouter les chansons d'Aster Aweke ou le jazz de Mulatu Astatke.

Après leur départ, Tirunesh ne s'ennuyait jamais dans l'appartement, aucun mal du pays. Elle lisait des romans les uns après les autres. Elle dévora à la file tous ceux de Patrick

Modiano, à qui elle ne pouvait s'empêcher de sourire, de plaisir, lorsqu'elle le reconnaissait en descendant la rue Bonaparte, ou à la Poste du quartier. Elle étudia aussi des bouquins de diététique sportive qu'elle découvrit à la librairie The Sportman et fréquenta la bibliothèque de l'Institut du Sport à Vincennes. Elle aimait parler avec Ayanleh. Ils bavardaient de tout, ils ne se lassaient jamais de discuter, échafauder des projets, se raconter des histoires jusque très tard dans la nuit. Souvent ils sortaient; elle aimait le cinéma et l'entraînait dans les salles de Montparnasse et, parfois, jusqu'à la Cinémathèque française, car elle se régalait avant tout de ce qu'elle appelait les « films à l'ancienne ». Lui se disait toujours d'attaque pour la suivre et, après sa révélation de la musique classique, lui suggérer un opéra : Bastille, Garnier, Opéra-Comique, tout l'emballait.

Leur fille entra à l'École alsacienne où, comme toutes les petites Africaines, elle affriola les parents de ses camarades de classe qui s'empressèrent de l'inviter aux goûters d'anniversaire et aux soirées pyjamas. À la sortie de l'école, Tirunesh retrouva des nounous rencontrées au Luxembourg qui l'entreprirent avec effusion, elle fit aussi connaissance avec un photographe célèbre, familier de l'Afrique, qui vint à elle avec sympathie. Il avait photographié l'Éthiopie tous azimuts, il ne se lassait pas d'Addis-Abeba dont il avait testé tous les hôtels de routards, avait sillonné l'Ogaden et le Danakil. Avide de conversations sur le pays, il lui offrait le café dans un bistrot au coin de la rue Vavin et, un matin, lui apporta un de ses livres de photos, cordialement dédicacé. Par lui, elle fit la connaissance d'un autre père d'élève, grand reporter du *Figaro*, qui accompagnait sa fille. Un peu guindé, d'abord timide, il s'avéra lui aussi amical et ne cessa de l'interroger sur la guerre, la lui commenter et lui décrire les zones de combat où il s'était lui-même souvent aventuré. Avec son épouse, ils ne manquèrent jamais d'offrir une tasse de thé à Tirunesh, chaque fois qu'elle frappait à leur porte pour récupérer sa fille.

« Eux tous, je suppose qu'ils ont vite réagi après l'affaire du contrôle d'Ayanleh, je me trompe ? demanda Frédéric.

— Je peux dire que ce fut un grand remous, comme souvent chez vous, sourit Tirunesh.

— Vous vous êtes sentis lâchés ?

— Non, je ne m'étais jamais sentie tenue. Mais j'ai été très stupéfaite. »

Les averses matinales avaient laissé des flaques, qu'ils évitaient comme à la marelle sur les bas-côtés boueux de la rue de Russie, d'un calme morose ; mais Tirunesh ne s'en souciait pas, non plus que des nuages gris-noir qui n'abdiquaient pas au-dessus d'eux. Elle portait un tailleur crème, insolite en ces lieux, qui pouvait signifier qu'elle devinait que cette balade serait l'une des dernières, ou qu'elle l'espérait assez longue pour se rendre ensuite directement au bar du Sheraton. Elle reprit :

« Chez nous, si on chasse une personne, on lui jette des explications, ou de mauvaises paroles. On lui lance des cris, de méchants regards en tout cas. La repousser sans mot dire, ça non, on ne sait pas. La repousser en silence, c'est grand-chose, même l'animal ne se permet pas ça.

— C'est-à-dire ? Ils ont vraiment réagi avec dédain ? Je présume que l'Unicef a dû être embarrassée, mais les autres...

— La semaine n'était pas terminée que déjà l'Unicef avait gommé le nom d'Ayanleh sur son site Web. Oui, il était gommé du livret des ambassadeurs de bonne volonté. L'amie qui me l'a téléphoné a lancé pour me faire rire : “Ne t'inquiète pas, ils vont le nommer bientôt ambassadeur de mauvaise volonté.”

— Et les tiers-mondistes, à l'Unesco ?

— Personne n'a envoyé une seule parole. Pourtant, c'est un endroit où se bousculent assez d'Africains pour savoir qu'en Afrique on ne se débarrasse jamais d'une personne sans une petite palabre. J'ai téléphoné, je n'ai touché que les secrétaires et les messageries. Je me suis rendue là-bas pour connaître mon avenir. À la porte d'entrée, mon badge ne fonctionnait plus, il sonnait l'alarme tout simplement. La dame qui m'avait invitée autrefois aux réunions est quand même descendue après un petit moment. Elle m'a dit, debout : "Je suis terriblement désolée, Tirunesh, je n'ai pas eu deux minutes à moi pour t'envoyer un e-mail, mais, bien sûr, je vais le faire dès aujourd'hui." Et elle m'a bien abandonnée là, comme une épouse maudite, derrière le portique de sécurité.

— Et les voisins ?

— Il y a d'abord eu cette petite affiche près de l'ascenseur pour dire que les poussettes ne devaient pas être laissées dans le vestibule. Des poussettes, on n'en comptait qu'une dans l'immeuble, la mienne. Mais d'autres gens ont manifesté du réconfort, quand même. Le monsieur de Canal Plus a expliqué que quelques coups de fil allaient tout arranger, le monsieur roumain a dit qu'Ayanleh avait eu bien raison de se doper. Quand j'ai lâché les clefs de l'appartement, le champion Christian Olsson et son épouse nous ont proposé l'hospitalité chez eux, un étage au-dessous. Ça a été une hospitalité suédoise inoubliable. Sinon, rien d'autre, le plus triste a été pour ma fille.

— Plus de goûters d'anniversaire ?

— Plus beaucoup. Les sourires se sont esquivés. Seuls le reporter et son épouse se sont montrés accueillants comme à l'accoutumée. Les autres ont choisi le silence, aucune parole, même de gêne, pas une moquerie. Mais la directrice de l'École s'est montrée très loyale, elle m'a respectueusement reçue dans son bureau et m'a dit que le sport ne l'avait jamais intéressée, qu'elle s'était toujours tenue loin des cris des stades, que cette affaire ne la concernait aucunement et qu'elle protégerait ma fille des malfaisances. Ce qu'elle a fait en bonne entente avec les professeurs.

— Alors, pourquoi l'avoir retirée ?

— Plus de permis de séjour.

— Tiens ! La préfecture vous l'a supprimé ?

— Oui et non, l'ambassade d'Éthiopie a refusé de me restituer le passeport, donc plus de permis. Personne à la préfecture pour étudier mon cas. Je suis allée à la rencontre d'une association de sans-papiers dans la rue du Vieux-Colombier. J'ai expliqué, les partisans m'ont écoutée, mais ils ont répondu que je ne pouvais pas être des leurs et qu'ils considéraient d'autres priorités plus dramatiques.

— L'appartement rue Guynemer, trop chic ?

— Peut-être, de toute façon, l'épouse d'un champion olympique, à leurs yeux, ce n'était pas présentable. J'ai été obligée de quitter en huit jours, avec deux enfants et vingt-cinq kilos de bagages.

— Et le fameux Nathan Ossipovnitch ?

— Aucune nouvelle. Mais parlons d'autre chose. Je ne veux pas gâcher mon temps présent. Quand on se complaint sur les méfaits du passé, on contamine l'espoir qu'on a préservé.

— Et le présent se débrouille comme il peut, la nuit, au bar du Sheraton. Pour ce qui est de l'avenir, si je ne suis pas trop indiscret, vous le voyez où ?

— L'avenir nous tire où il veut. Il m'a déjà tirée loin et à rebours. Qui peut prédire ? Qui peut refuser de le suivre ? Mais vous ? Quand le journalisme ne vous tire pas vers les guerres, vous savez où aller ? »

Frédéric rit :

« Pourquoi demander cela ?

— Je vous ai trouvé sur Google.

— Google ? Ah, que prétend Google à ce sujet ?

— Il laisse supposer que vous ne savez pas où aller.

— Qu'il suppose ce qu'il veut, je vous offre un cappuccino au Moni. »

8

Comme tous les jours à cette heure matutinale au bistrot du carrefour Vaugirard, une équipe d'éboueurs égayaient le zinc en sirotant leur café noisette. Près de la fenêtre, dans la salle presque vide, Frédéric pouvait entendre les rafales de pluie gicler sur la chaussée. En face de lui, une fille écrivait son journal dans un cahier, ou peut-être un roman, le regard happé par les trombes d'eau qui noyaient un trafic épars et brouillaient la lumière des feux.

Revenu la veille, encore conditionné par ses horaires de reportage, Frédéric était sorti très tôt, la tête embrumée par les effluves d'une virée en compagnie d'une copine dans les bars du canal de l'Ourcq. Avant de se rendre au journal, où il se savait cantonné au desk « Étranger » jusqu'au bouclage du soir, il savourait la perspective de ces deux ou trois heures tranquilles à tourner les pages d'une pile de journaux. Il interrompit sa lecture de *L'Équipe*, pensa à

Tirunesh ; à leurs balades tandis qu'ils discutaient de tout, à la malice, mêlée tantôt de tristesse, tantôt de nostalgie, insondables, avec laquelle elle évoquait son séjour à Paris. Il se dit qu'à cette heure elle avait sans doute laissé derrière elle la goujaterie de la clientèle de fin de nuit au bar. Il alluma son téléphone, laissa un message à un copain de *L'Équipe*, Erwan, un spécialiste d'athlétisme, avec qui il avait passé les Jeux d'Athènes, où, voisins de pupitres à la tribune de presse, ils se retrouvaient le soir dans les bistrots autour de l'hôtel des journalistes.

Erwan l'invita à déjeuner sur un bateau-restaurant amarré sur la Seine près de son journal et commanda d'entrée une bouteille de saint-estèphe.

« Tchin, tchin, alors ? Tu as la bobine de celui qui revient du Sud. D'où ? demanda Erwan.

— D'abord l'Éthiopie, un bon bout de temps. Ensuite un saut à Bagdad, assez rude, quelques jours très galères.

— C'est si dangereux ?

— Oh non, plutôt moins qu'ailleurs, même, parce qu'on est tenus à l'écart de tout. Maintenant les rédactions sont si obnubilées par les enlèvements... Toutes nos sorties sont avec escorte, on est bipés à intervalles réguliers, bientôt les bracelets électroniques... Bref. Et toi ? Tu ne sembles pas revenir du Nord...

— La porte à côté, figure-toi, au Koweït. Le même désert quelques milliers de derricks plus loin, les mêmes keffiehs, pas les mêmes bagnoles, j'imagine, et je ne prévoyais pas de fêtes aussi cocasses. Mais je n'y allais pas pour ça...

— Ah bon. Il y aurait un Tour du Koweït et on ne m'aurait rien dit ?

— Pas encore, pour cela il faut d'abord qu'ils fassent s'élever des montagnes et des cols pour les escalader, ça viendra. En attendant, un cheikh koweïti fait main basse sur l'Olympique lyonnais en achetant des brassées d'actions boursières. Du coup son cousin, qui ne possède pas moins de puits de pétrole, s'apprête à rafler l'A.S. Saint-Étienne. Mais tu voulais me parler d'Ayanleh Makeda. C'est lié à ton reportage en Éthiopie ?

— Oui. Tu le connais bien ?

— Ayanleh Makeda... Je l'ai vu courir plusieurs fois, l'ai un peu côtoyé en stage. Un très grand bonhomme, un de ceux qui marquent, pour autre chose que son palmarès.

— Pourquoi ?

— Tu connais la définition du marathon, l'art de maîtriser puis de sublimer sa souffrance à courir. Eh bien, lui, il ne maîtrisait ni ne sublimait rien, il ne souffrait pas. Il prolongeait un rêve comme tous les grands champions. Il courait comme il l'avait fait gamin, il accomplissait un geste naturel, sauf qu'il le perpétuait à un niveau... plus spirituel. En courant il sacrifiait à un rite, à la limite d'une pratique liturgique parfois, en tout cas en rapport avec quelque chose d'antique et de communautaire, comme Bikila avant lui et beaucoup de Kényans aussi. C'est la légende des hauts plateaux.

— Tu le comparerais à Abebe Bikila ?

— Ayanleh Makeda n'a pas la foulée parfaite de Bikila. Bikila demeure dans les mémoires comme le marathonien irréel, pour la grâce de sa foulée et aussi parce qu'il a surgi de nulle part. Et puis, il faut préciser, on s'est habitués à cette classe des coureurs du Rift, à leur style hors norme, et eux se sont familiarisés à nous, à nos codes de course, à notre mise en scène, si je peux dire. Mais Ayanleh avait aussi une conception singulière de la course, et une foulée magnifique, plus ample, pas mécanique comme celle de la plupart des marathoniens, celle de Gebre aujourd'hui, par exemple. Une autre élégance et une hauteur de vue...

— Tu sais qu'il se trouve au fond d'une tranchée, à écouter des obus siffler au-dessus de sa tête et qu'il va finir par s'en prendre un ?

— Eh, tu veux dire dans une vraie tranchée ? Au baston ? Ça... J'ai entendu dire qu'il avait disparu en Éthiopie, mal barré. On a dit que l'armée l'avait attrapé au collet. De là à l'imaginer dans les tranchées, non, il est tout de même double champion olympique ! Et du marathon, c'est ahurissant... Au casse-pipe. Tu l'as rencontré ?

— À la frontière somalienne, au milieu du désert, en première ligne. Très gentil, il est vraiment sympa, calme. En plus il est passionnant quand il se raconte. Aucune pleurnicherie sur lui-même, il évite plutôt le sujet, il est peut-être philosophe, peut-être un peu dépassé par ce qui lui arrive, dur de savoir. Tu avais suivi l'affaire ? Tu crois qu'il s'était réellement chargé ?

— Je ne suis sûr de rien, sauf de son contrôle positif. Le pourquoi du comment, personne n'en sait trop rien. On nage souvent en eaux troubles avec ces cas de dopage, dans le sien on plonge carrément dans une foutue embrouille. Bon, pour être franc, à *L'Équipe*, on a très vite laissé filer.

— Pourquoi ? L'enfoncer, je peux comprendre, si on a du biscuit. La déchéance du champion, les démons de la drogue, la chute d'une star, *the cheaty runner*, ce sont des classiques qui marchent ; mais laisser filer...

— Tu sais comme on est. Une nouvelle affaire de dope, un double champion olympique dans la nasse, on s'excite. En plus, l'argent bizarre du Kazakh pimente l'affaire, lui c'est un bon client que beaucoup de journalistes ont dans le collimateur. La guerre éthiopienne en toile de fond, aussi, c'est pas mal. On fonce, c'est un jeu, on essaie de touiller tout ça. Puis la mayonnaise retombe, on passe à autre chose. Très vite, en fait, parce qu'on ne sent pas trop bien l'histoire. Ou parce qu'un Africain ne fait pas vendre longtemps. Surtout un Africain qui se casse la gueule, il faut bien le dire. Si encore il avait été un champion people...

— Avec une épouse mannequin et deux mille montres de collection...

— Exact. Mais, à notre décharge, il faut aussi souligner notre consternation à chacune de ces affaires, parce que chaque fois qu'un athlète se fait serrer, il commence par pousser des cris de martyr, il hurle au complot judiciaire jusqu'à ce que, la plupart du temps, il négocie sa condamnation. On est plus qu'échaudés par le scénario... Tout s'est déroulé si vite pour Ayanleh Makeda, quasiment dans la panique. Pourtant, quand on y repense, le dopage ne lui ressemble pas. Ça aussi, ça nous a titillés, mais je te l'ai dit, la mayonnaise ne prenait pas.

— Pourquoi ? Tellement de pression autour de ce deuxième titre, on peut concevoir qu'il ait craqué dans un moment de doute. Ou qu'il ait été instrumentalisé.

— M'étonnerait. Ça ne colle pas avec ce que l'on sait de lui. Primo, les athlètes africains craignent un maximum la chimie, les piquouses, c'est rare qu'ils se chargent. Ça n'entre pas dans leurs mœurs, comme en Amérique ou chez nous. Ils ne partagent pas notre frénésie de l'armoire à pharmacie, même prescrite par un toubib. Ils croient aux plantes, ou au marabout et au gri-gri. Deuxio, habitant Paris, Ayanleh s'est plié aux contrôles longitudinaux à la française, qui sont tout de même redoutables. Il sait que les inspecteurs sonneront à sa porte à l'improviste pour lui tendre leur éprouvette à pipi ou lui prendre du sang ; des dizaines de fois, a fortiori dans la période des Jeux, a fortiori de chez fortiori chez le grand favori et tenant du titre olympique. Et il veut le conserver, ce titre, et il est au top. Non, je ne vois pas. Sur les deux dernières saisons, ses stats sont homogènes, c'est toujours bon signe, ni progression fulgurante, ni régression. En plus, les marathoniens n'approchent pas leurs limites aérobiques avant la trentaine, et il en est loin.

— Mais un coup de patraque, un malaise, on en a vu d'autres paniquer et plonger la cuillère dans le pot au dernier moment.

— Bien au contraire, les dernières semaines, il volait à l'entraînement, je l'ai vu à Pékin.

— Tu penses qu'il a pu se faire enfumer dans son dos ?

— Par qui ? L'Ishim Club ? Pas le genre de la maison, ce club, c'est le costume de premier communiant d'Ossipovnitch. Junko Asari, sa coach japonaise ? Non plus, elle se sait en ligne de mire, suspectée pour ses obsessions scientifiques. Sa folie des diagrammes. Ses logiciels... Ça lui interdit de bricoler dans l'armoire à pharmacie si tant est qu'elle ait pu être tentée, ce que je ne crois pas une seconde. En plus, elle a failli chavirer de la barque avec lui.

— C'est incroyable de ne rien pouvoir croire, non ?

— La fédé éthiopienne aurait pu rendre public le dossier mais, au contraire, elle l'a enterré. Elle bâche l'affaire.

— Pourquoi ?

— Peur du scandale, de soupçons reportés sur les autres Éthiopiens. Elle a la hantise de l'opprobre. Les Africains sont hyper-susceptibles, très vite sur la défensive. Ils donnent toujours l'impression de se sentir invités. Même dans un stade olympique où ils terminent à dix en tête d'une course, ils ne se sentent pas confortablement chez eux.

— Parce qu'ils ne courent pas chez eux ?

— Ils savent qu'ils n'ont pas d'armada d'avocats en cas de pépin, ni de médias prêts à mener campagne pour eux. Et que leurs sponsors les jettent pour une babiole. La doctrine de la fédé éthiopienne est pour le moins sommaire : "Un de perdu, dix de trouvés." Trop de coureurs dans le pays se bousculent au portillon pour qu'on prenne des risques. Si l'un d'eux se révèle à problèmes, on limite la casse, on le remplace par un coureur sans problèmes.

— L'inverse de ce qui se passe chez nous...

— Où l'on couve les nôtres de défaite en défaite jusqu'à la maison de retraite. Et puis, tu sais, Ayanleh a peut-être fauté d'une autre manière.

— Fauté avec qui ?

— Avec Gebre. Rappelle-toi le marathon d'Athènes. L'idole de tout un peuple, c'est Gebreselassie. En tout cas l'idole du régime. C'est le big boss, il est double champion olympique sur piste, triple ou quadruple champion du monde, il communique à merveille, rusé, charmeur de chez charmeur, l'Éthiopie l'a choisi pour gagner, il a le clin d'œil complice, le sourire humanitaire, le costume homme d'affaires. Là-bas, Gebre, c'est Zidane, toujours une nuée de mômes autour de lui et un truc à te vendre. Bien sûr, Ayanleh ne l'a pas attaqué en course ; ça, il n'aurait pas osé. Mais quand il le voit à la ramasse sur l'accélération de Baldini, il ne joue pas la scène patriotique du dernier carré, il ne l'attend pas pour le tirer sur dix kilomètres. Il sait Gebre carbonisé, il dit ciao tout le monde, il décanille et gagne comme à la parade. Ayanleh est l'opposé de Gebre, ni communicant, ni carriériste, il prend les marathons sans calcul. Mais tu connais l'Afrique mieux que moi, tu sais ce que représente un aîné. Même pour des footeux nés aux Ulis, qui n'ont pas mis trois fois les pieds à Dakar ou à Abidjan, les aînés, les ethnies, les griots, c'est complexe, ça nous passe toujours au-dessus de la tête.

— Toi, au fond, tu en penses quoi, de cette histoire ?

— Je pense que puisqu'elle a l'air de te travailler, tu devrais voir son ancienne ostéopathe. Hanna, elle s'appelle. Je ne te conseille pas sa coach japonaise car elle exerce toujours à l'Ishim Club. Mais Hanna, je l'ai connue, une Tchèque, une fille étonnante. Les athlètes en sont gagas de reconnaissance. Mimi comme pas deux. La classe, elle est formidable. Une fille plus que craquante. Le jour du contrôle, elle a accompagné Ayanleh du matin au soir, elle a disparu presque aussi vite que lui. Elle ne s'est jamais exprimée, du moins je n'ai rien lu. Je te retrouverai son adresse e-mail. »

Et maintenant, Frédéric était à Gaza, et comme toujours en cette saison, on suffoquait d'une chaleur lourde, qu'aucune brise marine ne venait tempérer, d'un air pollué de gaz d'échappement, d'une tension exacerbée à l'approche des commémorations de l'*intifada* et du bouclage militaire qu'elles provoquent. Inquiétude dans les oliveraies où les villageois se rassemblent pour la récolte dans le vacarme des hélicoptères immobilisés au-dessus de leurs têtes, colère des saisonniers bloqués des heures aux *check-points*. Stridulations de l'aviation israélienne rasant les immeubles, haut-parleurs des camionnettes du Hamas, sirènes des ambulances : depuis dix ans qu'il venait ici, cette fébrilité des rues, plus encore cette révolte palpable sur des dizaines de kilomètres jusqu'à Rafah, l'impressionnait toujours autant. Il s'y était attaché. Il ne refusait jamais de revenir se plonger dans cette guerre, sans se leurrer sur sa fascination et sans se lasser de l'écrire.

Après avoir discuté tout l'après-midi avec Yasser, son indéfectible interprète, dans le jardin du Marna House, sa pension, tapie derrière une haie d'hibiscus jaunes, il pianota sur son ordinateur et tomba sur un message titré « Ayanleh Makeda ». Il disait : « Hello hello, je ne veux répondre à aucune question par e-mail ou par téléphone. Mais pour Ayanleh, puisque vous l'avez rencontré en Éthiopie, j'accepte d'en parler avec vous. J'en profiterai pour vous demander de ses nouvelles. Je vis à Karlovy Vary, à une cinquantaine de kilomètres de Marienbad, plus connue des Français depuis l'année dernière, en Bohême tchèque, et je travaille au spa de l'hôtel Pupp. Ici, tout le monde connaît. Bien à vous, Hanna. »

9

La calligraphie gothique des enseignes d'auberge dans les villages, les publicités paillardes pour la bière Pilsner Urquell, les vaches noires osseuses qui paissaient autour de hangars en bois, la pérennité du paysage entretenaient l'illusion que rien n'avait changé depuis son dernier passage sur cette route, des années auparavant. Frédéric s'en souvenait très bien. C'était en automne, au dernier temps de la Tchécoslovaquie socialiste, Václav Havel venait d'être libéré de prison et Frédéric parcourait la région à sa recherche.

Aujourd'hui, dans l'autocar qui le ramenait en Bohême, il songeait au chambardement de la Révolution de velours que dissimulait cette campagne bucolique. Il regrettait d'ailleurs de ne pas s'être dérouté pour passer quelques jours à Prague. Revoir Lisa et sa bande d'amis, avec eux faire la tournée des bars branchés, se laisser emmener dans des galeries extravagantes, boire des bières en blaguant sur la trépidation actuelle.

Mais à la sortie de l'aéroport, face à l'arrêt des cars, il n'avait pu résister à monter directement dans celui de Karlovy Vary.

Les deux bâtisses néo-baroques de l'hôtel Pupp, d'une blancheur crayeuse, s'adossaient à une paroi de montagne, au bord d'une rivière, dans le dernier méandre urbain d'une vallée encaissée. Autour du rond-point de l'hôtel, des chauffeurs en costume noir fumaient près de limousines aux vitres teintées ; un groom en livrée rouge et or le conduisit à sa chambre, dont la fenêtre s'ouvrait sur une forêt escarpée. Rideau cramoisi, édredon de velours vert bouteille, Frédéric se dit que peut-être Ludwig van Beethoven avait dormi là.

Il sortit de l'hôtel et marcha jusqu'à la Teplà, une rivière à truites dont les flots clapotaient sur des rochers blanchis de lichens. Sur une rive, s'élançait une rue piétonnière, la Stara Louka, la plus illustre promenade de la littérature romantique. Il la remonta, s'amusant à passer sur des ponts de pierre ou de rondin. À la terrasse de l'Elefant Café, dont il retenait d'une lecture que Tolstoï et Goethe y venaient écrire, et Leibniz y débattre avec son grand ami le tsar Pierre le Grand, il s'arrêta le temps d'un cappuccino pour marquer le coup et reprit le chemin qui déboucha sur une esplanade surpeuplée. Une foule de gens papotaient là, un pot à bec à la main, qu'il subodora être les curistes. Comme eux, il alla remplir un récipient de porcelaine à une source bouillonnante et choisit un banc occupé par des babouchkas russes, qui levèrent leurs pots avec un clin d'œil. Il goûta l'eau soufrée ; sa bonne humeur se dissipa aussitôt. Qu'est-ce qui lui avait pris de se fourvoyer dans une ville d'eau ! Il s'étonna plus qu'il ne s'en voulut de n'y avoir pas réfléchi un instant depuis l'e-mail de cette Hanna. De Gaza, il était venu tout droit, d'aéroports en stations de bus jusqu'à Karlovy Vary, trop obnubilé à l'idée de rencontrer celle qui avait accompagné Ayanleh toute la fatidique journée du contrôle pour se poser des questions. Trop tard. Il vida son pichet cul sec, répondit par un sourire triomphal aux applaudissements de ses voisines russes et accepta de les accompagner à la fontaine thermale.

Pour se rendre au spa du Pupp, on longeait la galerie de portraits des hôtes célèbres, de Franz Liszt à Scarlett Johansson. Frédéric fut introduit dans le salon d'attente. Hanna arriva en blouse blanche, lui tendit la main.

« Bonjour, c'est moi, Hanna, et vous êtes le journaliste français.

— Oui et non, je ne suis pas venu en journaliste... »

Hanna sourit :

« Ça, je mettrai du temps à le croire. Votre première visite ici ?

— Pas en Bohême, mais à Karlovy Vary, oui.

— Alors, bienvenue, j'espère que vous vous y plairez, en tout cas c'est un endroit trop smart, ou trop kitsch, pour ne pas être charmant, même pour un grand voyageur sceptique. On peut se voir ce soir après le travail ? »

Le soir arriva, Frédéric reconnut Hanna de loin qui slalomait entre les curistes et se mit à lui faire signe. Elle s'approcha en riant.

« Ça y est, vous êtes déjà *addict* ? Ou déjà guéri ? demanda-t-elle le doigt sur son pichet.

— Je ne sais pas, sinon que ça commence à gargouiller dans mon ventre.

— Vous êtes-vous promené ? Comment va l'appétit ? Ici, on dîne plus tôt qu'à Paris, vous le savez, et je suis affamée. Ça vous dit ? Tous les restaurants sont touristiques, mais vous préférez sans doute touriste-touriste à touriste-curiste ?

— Je vous suis. »

Leur table surplombait le clapotis de la rivière, sur un pont bombé de vieilles pierres. Un couple d'Anglais dînait à la table devant eux, des Russes derrière. Un vent léger remontant la rivière agitait les flammes de lampes à huile posées sur la rambarde.

« Ça vous va ?

— Chouette ! Dîner à côté d'Anglais est toujours bon signe dans un pays étranger. »

Hanna chuchota :

« Être à côté de Russes l'est-il autant ?

— Ça, c'est vous qui le savez. Vous ne les aimez toujours pas ?

— Ils sont venus chez nous avec des tanks, deux fois ; ils reviennent maintenant avec des dollars. Comme les Allemands, avec leurs euros. Ça les rend plus acceptables. Plus aimables, c'est une autre affaire. »

Ils trinquèrent.

« Vous regardez beaucoup mes mains depuis tout à l'heure, quelque chose vous tracasse ? demanda Hanna en faisant mine d'y chercher des taches.

— Je suis confus. C'est à cause de votre métier. Il m'intrigue. Et vous ici aussi, le prestige du Pupp... J'ai aperçu quelques limousines, la clientèle du spa doit vous changer, non ?

— Ça me change pas mal des ischio-jambiers des athlètes de l'Ishim Club, si c'est à ça que vous pensez. Ici, j'ai de tout, beaucoup de Russes, de plus en plus, d'ailleurs, très gras ou très fluets, jamais standard. Beaucoup de gens des Émirats, Arabie, Riyad, surtout des femmes ; des Allemands, bien sûr, qui viennent en voisins, mais aussi des Chinois, de Shanghai surtout, mal fringués mais les poches pleines à craquer, des Indonésiens en turban, des Indiens en famille, de plus en plus. Vous pouvez vous joindre à eux, si vous voulez, j'ai une excellente renommée. »

Elle lui tendit les mains en riant. Des mains de fillette, beaucoup moins fortes qu'on aurait pu l'imaginer, que Frédéric trouvait très jolies.

« Comment devient-on ostéopathe, en Tchéquie, ou en Tchécoslovaquie, je ne sais quand vous avez commencé ? Une illumination ? Une rencontre ? Ça doit être une motivation curieuse, surtout à ce niveau.

— Par hasard. Môme, j'ai beaucoup rêvé, mais jamais massage ou camphre. Je ne désirais qu'une chose, être danseuse, ballerine, comme ma mère. Elle a débuté petit rat, elle a dansé à l'Opéra de Prague, une étoile, vous savez, invitée plusieurs fois par le Bolchoï à la grande époque. Avant les ennuis de mon père, et donc les siens.

— Signataire de la Charte ?

— Oui, de la première vague. Il était professeur de mathématiques et s'est retrouvé du jour au lendemain électricien, et sans plus d'électricité à la maison, comme tous ses copains. Dans les jours qui ont suivi, ma mère a perdu ses engagements à l'Opéra et son passeport, évidemment, et elle est devenue couturière, d'abord dans l'atelier des costumes, puis à la maison, sans électricité pour sa machine à coudre. Alors, pour moi, le Conservatoire de danse, c'était fichu. Il était réservé aux enfants des familles méritantes. Vous savez cela. Je suis entrée au lycée des sports de glace qui n'était pas si exclusif, j'ai chaussé des patins au lieu de ballerines, c'était un peu plus lourd. En résumé mon histoire...

— Pour devenir patineuse avec le casque, la combinaison ultra-aérodynamique et tutti quanti ? C'est vrai que vous aimez drôlement le patin dans la région.

— Eh ! Nous ne sommes pas des Hollandais sur leurs canaux gelés. Non, pas de course de vitesse. Patinage artistique, discipline très populaire ici. Les Slaves raffolent de ça, la musique, les figures chorégraphiques, la dramatisation des grandes soirées de compétition. Ils y excellent. »

La pointe de sécheresse dans les dernières répliques d'Hanna n'échappa pas à Frédéric.

« Il ne faut pas m'en vouloir, je ne suivais pas ça de près... Vous êtes entrée à l'Institut des sports à Prague... »

Elle lui tendit son verre pour qu'il le remplisse. Revint à la mémoire de Frédéric l'expression de son copain de *L'Équipe* au sujet d'Hanna, « une fille plus que craquante ». Il essaya quelques secondes de l'imaginer sur la glace d'une patinoire dans l'éblouissement des projecteurs. En vain, car le visage d'Hanna ne gardait aucune trace de ce curieux amalgame de physionomies dures, marquées par la tension et la rivalité, ou d'expressions précieuses et maniérées, qu'il retenait des championnes qu'il avait vues se succéder sur la glace, les soirs olympiques. Par contre, elle était d'une distinction typiquement pragoise.

« Tout a commencé avec mon père... Mais... Vous êtes venu pour me parler d'Ayanleh. Ça vous intéresse de me savoir au lycée des sports de glace ?

— Eh bien oui. C'est mon côté sportif contrarié.

— Dans ce cas... »

Le père d'Hanna s'illustra au hockey puisqu'il jouait au Sparta, le club des syndicats, le plus populaire de la capitale. C'était l'époque des bassesses politiques qui suivit le Printemps de Prague. Des militaires se disséminaient dans les gradins pendant les matchs, les flics en civil s'incrustaient dans les vestiaires ; quand, le temps d'une rencontre internationale, l'équipe franchissait une frontière, des barbouzes de la Stàtni campaient sur le trottoir en bas de l'appartement des joueurs — dans des baraques qui faisaient rire les voisins — et filaient leurs épouses dans les rues jusqu'au retour de l'équipe. Mais ces matchs alimentaient d'intarissables blagues et bons souvenirs. Ainsi les chansons chaudes de la patinoire du Sparta, les orchestres survoltés à la brasserie U Flekû, la préparation du sac de sport noir et rouge qui embaumait les chaussettes sales et le camphre, les yeux au beurre noir du papa certains dimanches soir enchantèrent l'enfance d'Hanna.

Ses parents s'étaient rencontrés un été en Moravie, dans un camp de pionniers communistes, avant la Charte et la disgrâce, au temps de l'avenir fervent. Elle dansait dans le ballet de l'Opéra, il enseignait à l'université et jouait au Sparta. Ils se taquinèrent longtemps, sous les yeux d'Hanna, d'abord incrédules, ensuite amusés, revendiquant tous deux d'avoir entraîné l'autre dans sa dégringolade ; d'autant que, malgré tout, les prouesses du père sur la patinoire permirent à Hanna d'intégrer le lycée des sports de glace.

Bien qu'elle se fût rêvée dans un tutu, Hanna saisit sa chance, assidue sur la glace un après-midi après l'autre. Répéter ses gammes ne la rebuta jamais.

« Vous avez tout suite aimé la glisse ?

— Je sentais que le patin représentait une occasion de m'exciter pour quelque chose. Dans notre pays, le véritable cauchemar, c'était l'ennui, peut-être pire que les dénonciations. Mes parents avaient réussi à se passionner pour la danse et le hockey. Ensuite à rivaliser de conneries sur le régime, à rigoler d'un rien. Ils vivaient dans un monde désabusé, nihiliste, mais tout de même bien fantaisiste, et quand des voisins débarquaient avec des bouteilles et des blagues, franchement, on passait la soirée à se plier de rire. Mais pour ma génération, trouver une passion devenait rare, celle d'après le Printemps. »

Sous les yeux des coachs, dans une patinoire glaciale, elle travailla la fluidité de la glisse, la chorégraphie, se soumit aux séances de musculation. Elle remporta toutes les compétitions juniors, puis le championnat de Prague, disputa le championnat du Monde et abandonna juste après.

« Overdose ? Blessure ? Rencontre avec l'amour ? demanda Frédéric

— Oh, pas du tout. Je me passionnais, à fond dedans, je ne subissais rien, mes parents ne me mettaient aucune pression. Mais j'ai buté contre une extrémité.

— Laquelle ?

— J'ai atteint mon seuil de compétitivité, comme on dit dans le jargon. Problème de ressort dans les jambes.

— Pour glisser sur la glace ?

— Oui, en patinage, l'excellence se note en l'air, sur un enchaînement de triples saltos, triples boucles piquées — les hommes en sont aux quadruples —, ça exige toujours plus d'élévation. J'étais douée en chorégraphie, je glissais bien, mais je manquais de détente, tout bêtement, je ne montais pas assez haut pour parfaire mes gestes et épurer certaines figures. Je devais réduire les amplitudes, je gaspillais des dixièmes de points dans les réceptions. Et ces dixièmes de points ne pardonnent pas en international. J'aurais traîné ce handicap toute ma vie, et l'angoisse et la frustration qui vont avec.

— Douée pour la chorégraphie, pourquoi ne pas avoir tenté votre chance en couple ? Vous auriez pu faire appel aux qualités athlétiques d'un partenaire...

— Lier mon destin six heures par jour à un fils à papa apparatchik capricieux ? Au-dessus de mes forces, je n'aurais pu imposer ça à mes parents. »

Ils bavardaient dans un parc, sur un banc aux côtés de Karl Marx drapé dans un large manteau, sa barbe de Moïse impeccablement taillée, dont la statue en bronze défie dignement la somptueuse villa de Chopin et d'autres demeures alignées le long d'une allée. Hanna attendait que Frédéric aborde le premier les questions sur Ayanleh et elle se plaisait à lui vanter les plus célèbres hôtes qui trouvèrent l'inspiration dans la ville. Frédéric aimait écouter Hanna parler, mais surtout d'elle, et persistait à l'interroger. Il aimait de plus en plus être avec elle.

« Et ainsi, vous avez bifurqué vers l'ostéopathie ?

— Voilà. Le lycée des sports a allégé mon entraînement pour m'intégrer dans une filière, celle des métiers médicaux du sport. J'avais une bonne intuition. Je me plaisais dans le milieu, j'échappais à la perspective de la routine. Je croisais des gens qui sortaient vers d'autres pays, c'était extraordinaire pour nous d'apprendre la vie à l'Ouest. Il y avait une ostéopathe vietnamienne géniale ! L'ostéopathie m'a emballée, je l'ai tout de suite bien sentie, pas seulement dans les doigts. Puis j'ai été admise à l'Institut national des sports, j'ai rencontré Jan Železný, notre champion olympique de javelot. Un Pragois. Il m'a présenté à Nathan Ossipovnitch. Rien d'exceptionnel. »

Sinon qu'Hanna omettait d'évoquer le magnétisme de ses mains. Elles firent d'abord merveille en manipulant les muscles meurtris des hockeyeurs. Ceux-ci accaparèrent Hanna dans leur staff et l'emmenèrent dans leur triomphale croisade aux jeux Olympiques de Nagano. L'un des joueurs en parla à son copain Jan Železný, qu'il savait déprimé par une blessure chronique à l'épaule. Železný s'adonna aux mains virtuoses d'Hanna et, médusé par sa guérison, ne cessa plus de la consulter.

Un soir après le meeting de Zurich, à la brasserie Sonnenberg où il dînait avec l'équipe de l'Ishim Club, Nathan Ossipovnitch sonda Jan Železný au sujet de futurs cracks d'Europe orientale, celui-ci énuméra quelques noms, dont celui de Barbora Špotáková, la future étoile du javelot qu'il parrainait, « mais la priorité des priorités, ajouta-t-il, serait d'embaucher mon ostéopathe ».

« Qu'est-ce qui vous a décidée ? Ossipovnitch ? Sa belle gueule de voyou kazakh ? Le tintamarre autour du club et ses stars ? Saint-Germain-des-Prés et l'Opéra Garnier ?

— Un peu tout cela. Vivre à Paris, c'est vrai, on ne connaissait Paris que dans des livres achetés sous le manteau. On voyait Paris comme la grande sœur de Prague, celle qui avait réussi, avec ses ponts et ses lumières. Rien d'original, toutes les petites Pragoises ont pensé que ce qui est charmant doit être parisien, le chic des chaussures des Parisiennes, les chansons de Juliette Gréco que l'on connaissait par cœur...

— Et alors, pas si charmant?

— Habiter à Paris, si, tout de même! La Seine, Orsay, les marchés. Surtout les rues, c'est un plaisir sans fin. Mais les Parisiens, hum hum!

— Râleurs, arrogants, agressifs, d'habitude on cite ces adjectifs.

— Grincheux, et surtout papis. Ça se dit? Même à trente ans, ils s'alarment de tout ce qui pourrait les bousculer. Ils sont tellement contents d'être parisiens. Une fois, un philosophe tchèque a écrit : "Ces Parisiens qui font toujours semblant de faire la révolution pour être sûrs que rien ne change", c'est un peu méchant, mais... »

Elle rit, très fort et joyeusement. Elle riait beaucoup, il allait s'ingénier à la faire rire.

Ils parlaient ce jour-là dans l'église Sainte-Marie-Madeleine où Hanna avait emmené Frédéric écouter Vera Novakova, la *sopranissima* de l'Opéra de Prague, chanter Mozart. Alléluia! Frédéric admirait la clarté des murs blanc et beige, les vitraux, la félicité des statues en porcelaine. Il se sentait heureux. Chaque jour, il retardait le moment d'interroger Hanna sur Ayanleh, non par crainte de l'irriter, mais, en recueillant les explications qu'il était venu chercher, d'écourter son séjour à Karlovy Vary, d'y perdre la vraie raison de rester auprès d'elle.

Hanna s'étonna de ce silence de Frédéric sur

Ayanleh. Au début, seulement intriguée, elle supposa de la gêne à aborder le sujet, puis un moment elle appréhenda une filouterie de Frédéric, le fait qu'il s'en fichait plus ou moins, qu'il était venu avec une idée de reportage dont il ne voulait plus s'embêter à Karlovy Vary. Mais, finalement, elle devina une autre chose, plus plaisante, simplement qu'il se trouvait de mieux en mieux, et de plus en plus ému en sa compagnie. D'une nature joueuse, elle s'en amusa. Frédéric lui plaisait. Tout le réjouissait à Karlovy Vary, il blaguait avec les curistes sur les esplanades des thermes, il passait des heures aux terrasses à regarder alentour, fouinait dans le patrimoine dandy romantique et arpentait les forêts. Elle aimait se balader avec lui car il pouvait raconter des histoires sur à peu près tous les pays.

Un soir, assis dans un café au bord de la rivière, à la demande d'Hanna, il retraçait sa première entrevue avec Václav Havel, devant la porte de la prison, puis leur deuxième rencontre lors des premières journées de la Révolution de velours. Hanna prit ses mains dans les siennes et dit :

« C'est cool, l'idée que nous étions tous deux sur la place Wenceslas au même moment. Peut-être qu'on s'est cognés dans les bousculades ? Peut-être même qu'on s'est dévisagés ? Moi, je portais souvent une parka verte et une écharpe violette. Vert clair, ça ne te dit rien ? »

Elle le fixa dans les yeux et rit.

« Tu faisais quoi, tous ces jours-là ? reprit-elle. Tu fréquentais la bande à Havel, la jolie Rita Klimova ou la Favora ?

— Je bossais beaucoup dans cette joyeuse pagaille, figure-toi. Le matin, aller voir des gens. Suivre les manifs au cas où, se pointer place Wenceslas en avance, rentrer à l'hôtel écrire un article à fond la caisse, ensuite s'énerver une éternité à récupérer une ligne téléphonique pour le dicter. Sortir boire des coups dans la nuit. Et toi ?

— Profiter de cette joyeuse pagaille. On avait été scotchés par les manifs de Leipzig sur les télés allemandes, mais envisager la Révolution de velours... Non, pas une seconde... Au début, on s'est laissé porter. Le matin, je ne me suis jamais levée si tôt, j'étais trop excitée de retrouver les copines au lycée, on allait au café, on commentait les nouvelles de la radio. On fumait toutes les cigarettes qu'on trouvait. Et l'après-midi, place Wenceslas.

« Il y avait tellement de monde, de chahut, on ne voyait pas la nuit tomber, on ne s'inquiétait plus de se faire matraquer. On y croisait tout le monde. D'abord mes parents, agités de façon incroyable, beaucoup plus que nous. Avec leurs amis rajeunis de vingt ans qui nous encourageaient. On y retrouvait aussi des copines d'école primaire, des champions de l'Institut. J'ai passé toute une soirée à côté de Dominik Hašek, c'est le plus grand gardien de hockey de tous les temps, il était là, complètement hilare.

Des vedettes de la télé avec leurs bonnets à pompons, c'était drôle. Même des apparatchiks se mettaient à nous sourire jusqu'aux oreilles. On agitait nos trousseaux de clefs en chantant : "C'est fini, par ici la sortie..."

— Les tanks soviétiques, vous y pensiez comment ?

— On se racontait que les tanks soviétiques allaient débouler d'un moment à l'autre, mais on s'en fichait. Le soir, on sortait, plus d'heures, on essayait surtout de se faire payer des verres par les journalistes.

— Ça marchait ?

— Hum, pas tout le temps. »

Certains soirs d'affluence, Hanna servait au casino du Pupp, vêtue d'un blazer, d'une jupe courte et d'un nœud papillon qui ravissaient Frédéric, mais n'émouvaient guère les joueurs, absorbés par la bille de la roulette, à qui elle apportait les verres. Un bar en demi-cercle de bois rouge, chromé, proposait une relâche ; Frédéric aimait y discuter football avec Petr, l'un des barmen. Parfois il y taquinait quelque buveur solitaire, ancien diplomate, journaliste ou militaire, tous aussi secrets sur leur reconversion.

Un soir, Hanna passant devant lui attira son attention sur un nouveau venu. Il se dirigea vers une table de jeu, suivi par deux hommes. « Nathan », souffla Hanna à l'oreille de Frédéric, en allant leur porter une bouteille de Becherovka et des verres en cristal.

Frédéric observa que sa silhouette n'avait pas épaissi depuis qu'il l'avait vu à Groznyï et qu'il dit très gentiment bonsoir à Hanna. Il le regarda ensuite se déplacer d'une démarche souple entre les tables de black-jacks, toujours suivi de ses deux compagnons, le vit bavarder avec les croupiers, échanger de brèves paroles avec les joueurs. Une voix placide, un visage d'apparence joviale, à peine empâté par l'alcool ou une alimentation grasse.

« Il a toujours une bonne bouille, dit Frédéric le lendemain. Il vient souvent à Karlovy Vary ? Gros flambeur ? Accro ?

— Pas flambeur, mais assidu. Il est chez lui. Le casino lui appartient.

— Wouah ! Le Pupp aussi ? C'est comme ça que tu t'es retrouvée ici ?

— Au Pupp, Nathan se contente d'une suite à l'année, celle des Habsbourg jadis, dit-on. Il vient y traiter son business, discret, on ne peut plus tranquille. Tu as sans doute remarqué que tout le monde n'est pas touriste ou curiste, ici.

— J'ai en effet vu beaucoup de tronches un peu rugueuses, comme on en voyait à Beyrouth, à Vukovar et je ne sais où. Au spa, tu entends beaucoup parler de kalachnikovs ou de missiles sol-air ? On dit que les massages incitent aux confidences.

— Et qu'une bonne masseuse se tait si elle veut le rester. En plus, les patients se confient sur leurs peines sentimentales, un peu beaucoup, d'ailleurs, sur leurs tracas physiques, parfois très intimes, mais sur quasiment rien d'autre.

— Tu regrettes les ischio-jambiers des champions de l'Ishim Club ?

— Hum. À l'Ishim, on se focalisait sur la performance. On consacrait toute notre énergie à l'optimiser dans les epsilons. On se mettait en situation de recherche permanente, on doutait, on se concentrait, rien n'était acquis. On se devait de plonger le nez dedans, sans oublier d'être concis, de tout revoir d'un jour à l'autre, ou d'un athlète à l'autre. On travaillait un matériau musculaire high-tech très fragile, et précieux. Ici, au spa, on travaille dans le mou.

— Justement, ce n'est pas frustrant ?

— Tu sais, le mou, c'est doux. Moelleux. Quand le muscle est plus mou, le caractère du patient est plus doux.

— Ça m'étonnerait que tes caïds moscovites ou tes épouses de cheikhs saoudiennes se comportent si moelleusement avec toi.

— Eh bien, détrompe-toi, une milliardaire saoudienne, lorsque tu la retournes sur son ventre loukoum et lui masses les bourrelets du dos, elle oublie son dédain, ses manières hautaines, les diamants, les Rolls. Elle se met à ronronner comme une chatte câline. Plus d'agressivité, son narcissisme s'assoupit sous elle, aucune blessure ne la tracasse. Les athlètes, eux, ils ne s'oublient jamais sur la table. Ça, jamais. Ils ne se lâchent qu'à moitié.

— Pourquoi ? Plus d'ego ?

— Plus de stress, d'anxiété. Et de blessures. Un athlète de très haut niveau, c'est une composition de muscles sur le point de se déchirer. Trop sollicités. Leur charge de travail augmente sans cesse, leur temps de récupération diminue ; à la moindre contre-performance, ils en rajoutent à l'entraînement pour chasser leur angoisse. Des micro-lésions apparaissent dans les fibres, des tendons fissurés, des cartilages râpés.

— Je suppose que l'athlète s'en doute.

— Voilà, et il attend de l'ostéo qu'elle résorbe ces déchirures pour tirer dessus un peu plus un peu plus tôt. Il ne réclame pas du bien-être, mais du délai. L'ostéo n'est plus sûr d'œuvrer pour la bonne cause. Elle travaille au point de rupture. Ce stress est contagieux. »

Un jour, une lecture à l'Elefant Café donna à Frédéric l'envie de visiter le cimetière juif, qu'il atteignit au sommet d'un chemin de forêt, dans une clairière qui surplombait la ville. Les stèles reposaient en vrac, à l'abandon sous des ronces. Un écriteau, avertissant le visiteur des périls d'éboulements de pierres tombales, devenait assez absurde à la lecture des épitaphes des morts, tous assassinés à la fin des années trente lors de l'invasion des Sudètes. Dans la quiétude des sapins touffus, que se répartissaient des clans de geais et de piverts, Frédéric discutait depuis un moment avec une dame ukrainienne, venue en pèlerinage depuis Nemirov, quand survint

Nathan Ossipovnitch, suivi de ses deux compagnons mal rasés. Tête couverte d'une kipa de velours rouge, il emmenait par le bras un rabbin avec qui il semblait en grand conciliabule.

« Sais-tu où j'ai aperçu ton patron ? demanda Frédéric à Hanna le soir même. Au cimetière juif, en messe basse avec le rabbin. Et sais-tu pourquoi cela m'étonne, malgré son nom ? Parce que Tirunesh m'a dit l'avoir croisé dans une cathédrale orthodoxe russe de Paris.

— Et si tu vas dimanche à l'église Saints-Pierre-et-Paul, la bleue si mignonne dont tu louangeais les toitures dorées l'autre jour, tu seras sûr de l'y retrouver.

— Et le vendredi, à la mosquée ?

— S'il y en avait une, qui sait ?

— Ça t'amuse, et tu ne m'en diras pas plus.

— Ta curiosité soupçonneuse m'amuse. Tu imagines bien que Nathan ne trafique rien avec ce gentil rabbin. Qui est un monsieur très pieux, venu d'une communauté décimée par la guerre, d'une discrétion absolue. Nathan donne, il est généreux. Nous savons qu'il a payé pour transformer l'ancien hospice juif, et beaucoup plus. On parle de la reconstruction, en modèle réduit, de l'ancienne synagogue, celle qui était très célèbre pour ses trois parvis. Pourquoi ? Contre quoi ? Je l'ignore comme toi. Des parents parmi les victimes ? Pour le plaisir de donner ? Pour être aimé ? Je sais simplement que ce n'est pas pour alléger ses impôts.

— Besoin d'être aimé ?

— En Union soviétique, il était kazakh. Au Kazakhstan, il est juif ; chez les Juifs, il est sportif et pour les sportifs c'est un marchand d'armes. Alors... »

Ils se tapèrent dans la main en riant.

« Et l'Ishim découle de cette générosité ?

— Oui et non, j'ignore si le club sert son ego ou son business, mais je suis sûre qu'il le manage pour la passion de l'athlétisme.

— En français, ça s'appelle une danseuse.

— Oh non, plus que cela, plus que du plaisir d'apparence. Ça le rend joyeux, ça l'emballe, il en devient fervent. »

Cette ferveur de Nathan Ossipovnitch pour l'athlétisme, Frédéric ne la comprendrait que plus tard, lorsqu'il parviendrait à en tirer le fil à partir des premiers, et retentissants, succès de son commerce d'armes.

À cette époque, comme tout magnat frais émoulu, le Kazakh désire être courtisé. Il s'inspire de ses pairs pour s'investir dans le football, commence par récupérer le club de son quartier, envoie des agents acheter une pléiade de joueurs bosniaques, puis brésiliens, évidemment. L'équipe se propulse jusqu'en première division sur la pelouse du stade Monumental d'Astana où, dans un salon d'honneur, il régale de petits-fours la fine fleur du show-biz et de l'oligarchie. Ces transferts de joueurs l'amènent à fréquenter le gratin sportif partout où le mènent ses tractations d'armes.

Un jour, à Paris, un de ses partenaires l'invite dans sa loge aux championnats du monde d'athlétisme et là, coup de foudre au Stade de France, dès la première journée. Les courses, les concours, la beauté gestuelle le subjuguent, les duels l'empourprent, la précision technique, il regagne son hôtel dans un état d'intense exaltation. Toute la nuit sur son lit, il gamberge l'idée d'un club d'athlétisme et, peu après, à l'occasion d'un achat d'actions du groupe Lagardère, il s'empare du Team du même nom. Il s'entoure de mentors, journalistes spécialistes d'athlétisme et anciens athlètes. L'aventure attire un staff de techniciens que Nathan Ossipovnitch outille d'un laboratoire de recherche.

Dès lors, les vols d'affaires du Kazakh, en Afrique ou dans le Caucase, font escale à Paris. Il passe des journées à la main courante des pistes d'entraînement et dans les salles de musculation, à discuter avec ses champions. Mais la jubilation, il l'éprouve lors des meetings. Il n'hésite pas à se déplacer à Dijon, Nairobi ou Göteborg pour assister à des championnats, même au milieu de cinq cents spectateurs. À l'approche des jeux Olympiques, il s'agite ; il fait l'ouverture des portes au stade, coupe son téléphone portable depuis les qualifications de la matinée jusqu'aux courses de fond en nocturne, se nourrit de bières à la buvette pour ne pas s'éloigner de la piste. Au village olympique de Pékin, il parraine la Datcha du Kazakhstan, à seule fin d'obtenir un badge pour franchir les sas de sécurité et rejoindre les athlètes. S'inspirant de l'architecture d'une immense yourte, cette datcha abrite un bar fastueux où sont fêtées les performances des athlètes de l'Ishim, entre autres, car tous les soirs s'y retrouve aussi le noyau dur des délégations de l'ancienne Union soviétique, vite encerclé par les assoiffés du village.

« Il faut surtout le voir dans son avion, précisa Hanna. Il fait le steward, il va s'asseoir à côté de chacun. Bavarde, s'enquiert de tout, repart vers le voisin. Il blague avec l'un, encourage l'autre. Aucun speech emphatique. Il aime chambrer Taimi Paavalinen parce qu'elle marche à fond. Il ne se substitue jamais aux coachs, ne se mêle jamais de dispenser des conseils, seulement des bonnes paroles. Au retour, il fait claquer les bouchons du champagne. Il se lâche, commente les courses et les concours comme si personne n'y avait assisté. Mais jamais il ne s'approprie une part du succès de quelqu'un. Si un athlète de l'Ishim a gagné, il est heureux pour lui ; s'il a raté, il le taquine, il ne boude jamais. Jamais de coups de gueule.

— Il ne met pas la pression ? Pas de primes à la médaille ? D'incitation au record ?

— Jamais. Il sait qu'il y en a assez comme ça. Il se fiche de l'esbroufe.

— Et ses copains mal rasés ne farfouillent pas dans les parages ?

— Ses copains et ses copines, parce qu'il attire beaucoup de filles très blondes et très élancées, comme tu l'imagines, s'ébattent dans les tribunes et dans les fêtes. On les voit une coupe à la main, mais jamais dans les salles du club. On y va ? »

Hanna et Frédéric dormaient une nuit au Pupp, une nuit chez elle, une maisonnette mansardée sur une butte de la vieille ville. Hanna se montrait gourmande et très bonne buveuse. Frédéric, lui aussi, ne reculait jamais devant une nouvelle bouteille. Chaque soirée se prolongeait un peu plus tard. Une nuit, une belle nuit de demi-lune, d'étoiles cachottières derrière de lourds nuages, c'est Hanna qui avait glissé son bras sous celui de Frédéric pour l'attirer fermement dans une ruelle pavée qui s'élevait en lacets jusqu'à sa maison.

Et comme beaucoup d'amants au lendemain de leur première nuit, ils commencèrent à se questionner sur leur adolescence. Mais seule Hanna y répondit vraiment car Frédéric, elle le vérifierait plus tard, ne se montrait guère bavard, ou plus curieusement s'embrouillait sur son passé.

L'été qui suivit la Révolution de velours, Hanna et ses parents partirent à Milan à bord de leur vieille Skoda. C'était la première fois qu'elle franchissait une frontière. La mère d'Hanna avait choisi l'Italie de la Scala parce qu'elle était sûre que là-bas son mari ne gâcherait pas leurs soirées avec des matchs de hockey. D'autres fois, des championnats de patinage conduisirent Hanna à Berlin et à Saint-Pétersbourg dont elle ne connut que les patinoires et les hôtels. Installée à Paris, elle accompagna les athlètes de l'Ishim parfois très loin : à Pékin, Osaka ; elle suivit en particulier Ayanleh à Boston et Chicago. Ces déplacements à l'autre bout monde se résumaient toutefois à des retrouvailles du groupe en salle d'embarquement de l'aéroport, des tables de massage montées dans une chambre d'hôtel ; l'attente des navettes pour le stade, affalés dans les fauteuils du hall ; et, le dernier jour, le restaurant authentique réservé par les sponsors et la visite du vieux quartier.

Jamais Hanna n'était partie sans date de retour, seule, les yeux collés au hublot d'un avion à s'inquiéter sur ce qui l'attendait ou à déchiffrer des plans de ville. C'est pourquoi les histoires de Frédéric la faisaient voyager. Il n'évoquait jamais spontanément les guerres, mais en parlait toujours d'une façon simple et imprévue. Il décrivait les gens et les pays avec des anecdotes qui intriguaient Hanna et la faisaient rire. Hanna riait beaucoup et souvent pour un rien. L'entendre rire, et regarder le sourire qui suivait, émerveillait Frédéric.

Depuis une île de la Teplà, où, dans une église, ils venaient d'écouter le chant d'une soprano de Karlovy Vary accompagnée de son mari organiste, Hanna et Frédéric remontaient le bord de la rivière bras dessus bras dessous. Ils chuchotaient, car leurs voix résonnaient entre les parois de roches abruptes, Hanna parlait de l'Ishim Club.

« Est-ce que Tirunesh y venait parfois ? demanda Frédéric.

— Pas souvent, je crois. Je me souviens très bien de la première fois où elle s'est présentée à moi. C'était à un moment où Ayanleh souffrait d'une légère tendinite aux mollets, elle s'inquiétait de savoir si la nutrition pouvait en être la cause, si des modifications d'habitudes alimentaires pouvaient occasionner des ennuis musculaires. Elle avait lu des bouquins sur le sujet.

— Elle s'est beaucoup impliquée. Elle aimait la course ?

— Elle aimait Ayanleh.

— Mais ce monde, cette carrière... cette vie la fascinaient ?

— Cette vie pour la course rendait Ayanleh heureux. Et elle protégeait ses enfants. Tirunesh pensait à l'école, la bonne santé, la naturalisation bien sûr. Donner un petit coup de pinceau blanc sur l'avenir de ses enfants au cas où, pour reprendre sa jolie expression. Je ne suis sûre de rien de plus. Elle se confiait peu... Jamais, en fait, si j'y repense. C'était une passeuse.

— Une passeuse ? Dans le sens de la passation d'un savoir, d'une sagesse ?

— De passer d'un monde à un autre, d'une manière de vivre à une autre. Ayanleh avait commencé à courir dans les champs, les pensées imprégnées d'une exigence un peu mystique... Exigence n'est pas le bon mot car il n'exigeait rien... en tout cas, il était animé de mysticisme. Grâce à la présence de Tirunesh, il s'en est allé courir sur les routes des Blancs dans un environnement obsédé par une sorte de mise en spectacle. Par une compétitivité plus terre à terre, si je puis dire. Mais il s'est accommodé sans maltraiter sa nature, sans renoncer à rien, grâce à Tirunesh, je le répète. Un jour, Ayanleh me confia qu'elle lui massait les pieds tous les jours après l'entraînement. Les pieds d'un marathonien, c'est son lien avec la terre, la source de sa sensualité, d'une sorte de spiritualité de la course, c'est plus que de simples muscles.

— Elle se sentait bien dans ce rôle ?

— Elle aimait Ayanleh, elle ne critiquait rien, n'exprimait aucune nostalgie, disait ne pas souffrir du mal du pays, et il n'y avait pas de raison de ne pas la croire. Elle se coulait dans son existence parisienne sans irritation, profitait des bons moments. Mais aimait-elle ça ? Je ne sais pas grand-chose d'elle. Elle se trouvait emmenée dans un nouvel univers pour un temps. Il lui était donné comme tel, elle faisait preuve d'une étonnante intelligence d'adaptation. Elle avait aussi une intelligence subtile de la compétition, du marathon, une lecture très technique de la foulée, des épisodes de la course. Elle pouvait disséquer celles d'Ayanleh. Comme toutes les Africaines, je crois.

— J'ai encore croisé Nathan Ossipovnitch, hier, au casino. Tu penses qu'il accepterait de me rencontrer ?

— Non. Je lui en ai touché un mot. Il t'a repéré au bar, il m'a posé des questions sur toi. Je lui ai dit où tu l'avais déjà rencontré. Ça ne l'a pas contrarié. Il aurait volontiers bavardé avec toi de la Tchétchénie ou de l'Afghanistan, en tout cas d'une certaine manière. Mais quand j'ai prononcé le nom d'Ayanleh, négatif, il a été catégorique.

— Bizarre, mais bon, tant pis. Ayanleh était-il un bon patient pour toi ?

— Un patient spécial, assez impatient, en fait.

— Impatient de quoi ?

— Dès le début, il s'est révélé réfractaire aux massages. Beaucoup d'Africains sont méfiants à l'égard des kinés. Ils espèrent une assistance plus méthodique du staff, ou plus cérébrale. Ils ne conçoivent pas de se faire tripoter le corps presque à poil sur une table, ou seulement peut-être par leur femme, à la rigueur leur mère ; pas par une ostéo, surtout fille. Ils sont très pudiques, beaucoup plus que leur exubérance ne le laisse croire. Mais, avec le temps, la plupart se prennent au jeu et se laissent malaxer par des mains blanches. Ils peuvent même en rire et en redemander, ou commencer à se confier, ce qui est le signe d'une adhésion positive. Pas Ayanleh. Il ne s'abandonne jamais. Prêt à sauter de la table au moindre prétexte. Il ne se livre pas aux mains. Très difficile à masser.

— Pourquoi ?

— Des muscles durs. Peu volumineux mais presque acérés quand ils se contractent. Ils font mal aux doigts. En plus, Ayanleh tend à se raidir dans les manipulations, il joue l'inertie, il résiste dans les mouvements, le remuer exige deux fois plus d'énergie que pour les cent dix kilos d'un lanceur de marteau géorgien ou d'un sprinter américain. Il ne se blessait quasiment jamais, ce qui n'arrangeait pas mes affaires. Il m'exprimait tout de même une reconnaissance inouïe pour mes efforts, touchante, plus que les autres. »

10

Trois coups de tonnerre retentirent dans la nuit. « Comme au théâtre », s'exclama Hanna sous la couette. Un roulement suivit, qui s'interrompit et reprit, chaotique, de plus en plus grondant.

« L'orage descend notre vallée, viens, il fonce, il va passer à Karlovy », reprit Hanna en s'extirpant nue du lit.

Épaule contre épaule, accoudés à la fenêtre, ils écoutèrent les craquements du ciel qui se rapprochaient, à l'affût des premiers éclairs sur l'étendue sombre de la forêt.

« Quand je pense que Beethoven, Chopin, Tourgueniev, peut-être même ce bon vieux Marx, ont attendu l'orage à leurs fenêtres au même endroit.

— Tous n'étaient pas aux côtés d'une aussi jolie fille, amenda Hanna en tapotant ses hanches contre celles de Frédéric. Ça y est ! »

Elle visa de la main une lueur sur le flanc

d'une colline ; une autre rasa les cimes, suivie immédiatement d'une illumination plus vive et bleutée. Les éclairs s'intensifiaient, ils se synchronisaient aux éclats du tonnerre, parfois en surplomb, ils éblouissaient les yeux. Dans un fracas, les nuages s'embrasèrent au-dessus de leurs têtes. La forêt surgit en sons et lumières. Un rideau de pluie dégringola, qui flouta l'air un court instant. Les éclairs strièrent les ténèbres plus bas, fuirent entre les parois de la vallée le long de la rivière. Hanna décapsula deux bières et revint poser ses fesses sur le bord de la fenêtre.

« Tu pourras me dire si Ayanleh s'était dopé ? Ou est-ce trop délicat d'en parler ? demanda Frédéric.

— Non.

— Non, quoi ?

— Non, il ne s'est pas dopé puisque c'est moi qui l'ai fait. Oui, moi, à son insu. Et à mon insu aussi. Et ça ne m'embête pas d'en parler. Depuis le premier jour, je m'attends à ce que tu le demandes. Ainsi. »

Elle l'embrassa sur les lèvres et reprit.

« Tu veux connaître toutes les péripéties ? Maintenant ? Veux-tu que je te prête un cahier à spirale et un stylo ? Non ? Eh bien, voilà. C'était le jour du marathon. J'ai rendez-vous avec Ayanleh dans l'espace massage que nous avons aménagé dans le salon de notre appartement au village olympique. Il est cinq heures du matin, il fait encore nuit noire, le village dort, par la fenêtre on n'aperçoit personne à la lumière des lampadaires, sauf les chauffeurs des navettes vides. Le départ du marathon est fixé à dix heures. Je souhaite manipuler Ayanleh avant sa première collation et le déplacement vers la ligne de départ. La veille, j'ai remarqué ses mollets noueux, j'appréhendais des contractions musculaires en raison des émanations du goudron bouillant, surtout que l'air s'annonce humide. En plus, il a fait allusion à des sensations de courbature, c'est inhabituel chez lui. Junko me rejoint, elle porte un kimono sublime, une coiffure de geisha, elle me salue à la japonaise, nous rions. Nous nous mettons à causer. C'est un grand jour. Tu imagines ? Le dernier jour des Jeux. Ayanleh est le champion en titre depuis Athènes. Il tient une forme d'enfer, il nous a bluffés ces derniers temps. Il doit doubler l'or sur le marathon, comme Bikila.

« Nous décortiquons une énième fois les dernières séances d'entraînement, nous devisons des potins entendus sur les adversaires, nous ressassons les difficultés du parcours que nous avons reconnu en bagnole la veille. Ayanleh tarde à venir, beaucoup trop, cela ne lui ressemble pas, car il se lève à quatre ou cinq heures tous les matins, même en temps normal. Nous allons frapper à sa porte. On le trouve assis sur son lit. Il nous dit bonjour trop doucement, une voix grêle, presque enrouée. Il paraît absent, ou plutôt songeur. Nous hésitons, nous pensons que la portée de l'événement l'impressionne plus que prévu. Le trac, pourquoi pas ? Junko essaie un petit discours en japonais, elle tente une blague : pas de réaction, juste un petit geste de la main, de politesse. Il se fiche de notre présence. Mais je vois qu'il frissonne, de la transpiration coule dans son cou, à l'évidence il est fiévreux. Il n'est pas du genre à somatiser, ça, j'en suis sûre. Je lui fais un signe, il nous regarde.

« "Une crise de malaria. Elle s'est présentée dans la nuit. C'est la confusion."

« C'est tout ce qu'il dit. Nous nous asseyons sur le lit, le frottons avec une serviette. Il a vomi, il souffre de migraine... Il a mal, il se tient très droit. Son attitude nous touche très fort. Nous lui parlons. Nous lui répétons que son forfait n'aura aucune conséquence. Qu'il gagnera beaucoup d'autres marathons. Que tout le monde sait la gravité de la malaria. Que personne ne lui en voudra. Qu'il sera encore au top à Londres et plantera tous ses adversaires sur place... Et tout ce que l'on trouve à dire dans ces cas-là. Comme s'il venait de perdre la course. Mais lui, il répond qu'il ne sent pas cette crise trop grave et qu'il va quand même se rendre sur la ligne de départ. Il parle comme s'il n'y avait plus de médailles en jeu. Il va courir malgré les maux de tête. Il ne craint pas d'être affaibli, il se fiche de perdre, même d'arriver loin derrière. Il ne semble même pas penser à une défaillance ou un abandon. Il dit des choses étonnantes, par exemple que la honte jamais ne le rattrapera en course, que Phidippidès a définitivement chassé l'idée d'héroïsme dans le marathon, que la simplicité s'impose face à l'imprévu. Il dit qu'il ne pense pas à ses adversaires, seulement au marathon. C'est une course qu'il refuse de ne pas disputer. Ce sont les Jeux, qui pourrait hésiter ? Il parle de ce marathon olympique comme d'une cérémonie de laquelle celui qui est convié ne peut se retirer à cause d'une fièvre. Je le connais assez pour savoir qu'il ne frime pas. Et qu'il ira.

« Je descends trois étages pour réveiller une copine infirmière sénégalaise que j'ai souvent dépannée. Je lui demande conseil sur des médicaments prescrits contre les accès de malaria. Elle me répond : “Il n'y a pas de problèmes, Hanna”, et me rapporte des cachets violets et blancs dans un cornet de papier. De la méfloquine et du paracétamol pour atténuer les douleurs et la fièvre. C'est le traitement basique dans les dispensaires de son pays, je l'apprendrai par la suite. Junko me rappelle de vérifier qu'ils ne figurent pas sur le fichier antidopage. Je rentre la posologie dans le logiciel, aucune alerte n'apparaît. Ayanleh avale les cachets, on le prépare. Je le masse des pieds à la tête, le frictionne avec des serviettes chaudes. Il se laisse faire. On lui fait ingurgiter des tasses de thé au miel, de nouveaux cachets. Il se met à s'échauffer, s'étire comme ci comme ça. Il répète bien tous les mouvements habituels, mais de façon un peu mécanique, il s'en rend compte, il essaie de se concentrer. Il se chausse. Je m'aperçois qu'il noue mal un lacet, c'est rarissime chez un athlète à ce moment de la préparation, je le lui fais remarquer et il reprend le nœud sans mot dire. Ayanleh n'a jamais eu un comportement solennel avant l'épreuve, tout de même, ses gestes manquent de minutie. À mon grand étonnement, il ne déplie pas sa tenue fétiche posée sur la commode mais extirpe de son sac un short rouge et surtout des socquettes blanches qu'il ne porte pas d'habitude. Ça lui va bien, on lui dit qu'il est très élégant. Il enfile un survêtement, on l'emmène.

« Sa température a baissé. Sur l'aire de regroupement, il se dérobe aux paroles et aux salutations, il se met à l'écart, loin du cordon de départ, se tait. Il garde sa veste de survêtement jusqu'au dernier moment. Évite les coureurs qui s'approchent pour lui souhaiter bonne chance, même les Éthiopiens. La migraine le lancine, je le vois bien, mais il sautille, il est calme, pas l'ombre d'une contrariété. Il nous fait un clin d'œil. À l'évidence il démarre la course dans le brouillard; mais le mouvement fait miracle, et surtout le soleil vite très chaud, la foule aussi. Lui qui transpire peu, pour la première fois, je le vois ruisseler en course. La fièvre le grise, la fatigue de l'effort efface la fatigue de la malaria, il court de plus en plus détendu, comme celui qui se voit perdu, trahi par la malchance. Sans autre ambition que celle de brûler toute son énergie. De se coller aux basques de ses adversaires le plus loin possible, de conserver une foulée digne jusqu'au bout. À la mi-course, il se ravigote, comme vous dites. Il avale même des gobelets d'eau au ravitaillement, lui qui ne daigne jamais boire en course. Au trentième kilomètre, la malaria l'oublie, en tout cas un moment. Il réussit à enclencher le turbo, il monte à plein régime, il remonte le peloton, son regard cesse de se balader à droite à gauche de la route, façon touriste ; sa foulée rebondit, son attaque au sol retrouve son élasticité, il s'allège, on est abasourdis. Comme tu t'en souviens, il gagne de cinquante centimètres sur Wanjiru au bout d'un dernier tour fantastique. Alors, la fièvre redouble, en contrecoup à la brutalité de la course. La fatigue s'abat, une sorte d'ivresse, elle déconnecte complètement Ayanleh de l'effervescence autour de lui, il se laisse emmener, il subit son contrôle antidopage sur un nuage. Un peu hagard, à la limite de la divagation, il faut bien le dire. Dans le stade, le public se lève pendant la remise des médailles, l'ovationne, c'est juste avant la cérémonie de clôture. Puis la fête dans un dancing chinois à karaoké et gros dodo. »

Hanna se tut. Ils regardèrent quelques éclairs retardataires.

« Et ?

— Trente jours plus tard, le laboratoire annonce dans un communiqué le test positif d'Ayanleh, sans même l'avertir au préalable. Ça tombe sur le fil des agences comme ça. Tout fout le camp brutalement, nous échappe.

— Tu crois que le labo s'est trompé ?

— Non, les comprimés contenaient du furosémide. Un diurétique qui accélère la transpiration. Pour diminuer la fièvre pendant les crises de malaria. Il est inscrit sur la liste noire.

— Parce qu'on se dope au diurétique ?

— Non, penses-tu, rien qui dope la performance. Mais des sportifs l'utilisaient autrefois comme leurre pour masquer et diluer les traces d'anabolisants dans les urines. Cela remonte quand même à la grande époque de l'Allemagne de l'Est. Mais c'est ma faute, je n'ai prêté attention qu'aux composants principaux et j'ai oublié ce diurétique...

— C'est un peu étrange, osa Frédéric afin d'éviter un silence. Tu connaissais...

— L'atmosphère dans la chambre d'Ayanleh était étrange. La malaria qui nous tombe dessus, ce mélange d'obstination et de résignation d'Ayanleh. J'étais plus troublée qu'il n'y paraît en te le racontant... Alors, un diurétique. En fait, il aurait fallu avertir la commission médicale par écrit vingt-quatre heures avant le marathon qu'Ayanleh devait prendre ces médicaments contre la malaria. La prévenir qu'ils déposeraient des traces de ce furosémide dans l'urine. Mais au moment de la crise, il est cinq heures du matin, la course part à dix.

— Pourquoi ne pas avoir exposé ces circonstances en détail après coup ? Un entretien dans

L'Équipe, il en faisait la une, ou une conférence de presse ? Ayanleh aurait perdu sa médaille, mais s'en serait sorti avec un ou deux ans de suspension, et les honneurs. Il allait en gagner tant d'autres.

— C'est toi qui le demandes ? Avec des médias éthiopiens flageolants, un Premier ministre fulminant, Ayanleh n'avait aucune chance d'être écouté chez lui, et encore moins par vous. Il fallait voir le cirque devant son appartement, le bordel à l'Ishim. Les micros, les caméras, les spots de lumière à bout portant, c'était à qui criait le plus fort. Personne ne lui a demandé sa version. Pourquoi il a pris ces cachets, qui les lui a donnés, à quel moment... Personne ne lui aurait laissé terminer une phrase. On amalgamait, on embrouillait. On ne discutait que de savoir depuis quand il se dopait, s'il le faisait déjà à Athènes et à Sydney, s'il s'approvisionnait sur Internet ou en Californie. Si tous les Éthiopiens se dopaient, si l'Ishim Club l'avait obligé...

— Tu veux dire qu'un siècle plus tôt, c'était la corde en haut d'un lampadaire ?

— Tu rigoles, mais si tu avais lu les blogs ! C'était à qui ironisait le plus férocement. Tu te frottais les yeux pour y croire, et te disais en effet qu'en d'autres temps... Deux jours plus tard, son ambassade le poussait dans l'avion. Et Tirunesh subissait des menaces.

— Elle ne me l'a pas mentionné.

— Et pourtant ! Des appels anonymes, des

mails, des sarcasmes, et quelle vulgarité, dégueulasse, tu peux imaginer. Des menaces.

— Lâchés aussi par Nathan Ossipovnitch.

— Nathan aimait énormément Ayanleh. Une affection sincère, beaucoup d'admiration. Il ne se lassait pas de le regarder courir, il traversait l'Atlantique pour deux heures de marathon. Il le chouchoutait, en était très fier...

— Tu sembles l'excuser, quand même.

— Je dis seulement qu'il ne jouait pas à domicile dans cette partie. Et puis les rumeurs d'Asie centrale, le business d'armes en plus, tu devines son obsession de respectabilité. Un avocat de l'Ishim a représenté Ayanleh devant la commission, il a plaidé l'innocence de Nathan. Quelqu'un a effacé Ayanleh du site de l'Ishim. Nathan a tranché à sa manière. C'est un Kazakh.

— Et toi ?

— Oh, moi, j'ai été convoquée devant la commission. J'ai tout expliqué, dans le détail. La méfloquine, le furosémide. J'ai endossé l'erreur, bien sûr. J'ai essayé de décrire la crise de malaria, le service médical endormi, le dernier jour des Jeux. Ils m'ont remerciée. J'ai patienté dans un bureau le temps qu'on m'apporte mon témoignage à signer, il doit jaunir dans un classeur. Je suis sortie. Dehors, personne ne m'a posé la bonne question. La police a perquisitionné chez moi, elle a embarqué mon armoire à pharmacie et tous mes démaquillants, à l'Ishim aussi. J'ai lu des horreurs dans les journaux. “La sorcière de Bohême”, “Cures miracles à la mode Kafka"... J'étais bousculée, pas déprimée, ni désespérée, mais très bousculée. Bon, Nathan a saisi le malaise. Il ne m'a rien reproché, il a simplement pensé que je deviendrais source de suspicions, de vibrations malsaines à l'Ishim, et il m'a planquée ici, au Pupp. »

Un délicieux soleil illuminait la matinée. Hanna et Frédéric dégustaient leur cappuccino à la terrasse d'un café, guillerets. Ils rigolaient, surtout Hanna. Elle avait noué un foulard soyeux dans ses cheveux, peint ses lèvres d'un rouge insolite, elle parlait avec exubérance, riait fort. La veille, voyant Frédéric sortir d'un cybercafé et changer de direction à trois reprises sur le trottoir, elle avait deviné l'imminence du départ ; elle n'en avait rien révélé, sinon qu'elle s'était faite très coquette dans la soirée. Maintenant, tous deux évitaient les moments de silence, ils énuméraient à tour de rôle tous les endroits qu'ils aimaient fréquenter à Paris. Ils revinrent à la Révolution de velours. Un car marron arriva. Ils écrasèrent un long moment leurs lèvres comme des ados, et en rirent. Frédéric grimpa dans le véhicule. Hanna reprit sa place à la table, lui sourit, agita joliment la main.

11

Au casino, la nuit s'étira sans soubresaut d'adrénaline et, à la roulette finale, les derniers joueurs se dirigèrent vers le vestiaire en devisant sur divers avatars des cartes, ou regagnèrent leurs chambres par l'impérial escalier rouge et or, tandis que Petr rangeait son bar. Sur l'esplanade, le moteur des limousines bruissait. Dans la rue, l'un des croupiers proposa à Hanna de la raccompagner en voiture. Elle contempla le jaune-gris des prémisses de l'aube qui auréolait la forêt, le remercia et se dirigea vers le pont. Elle marchait d'un pas très lent, de celle qui lambine dans ce qui reste d'obscurité pour évacuer une nuit de boulot avant d'arriver chez elle, et qui songe. Ses doigts trituraient un e-mail imprimé dans sa poche, ponctuant ainsi la gaieté qui couvait depuis le début de la soirée et qui maintenant se distillait en elle avec la fraîcheur de la nuit.

Frédéric à peine parti, elle avait attendu son appel. Elle jubilait de tout ce qu'elle allait lui raconter. Comme rien ne vint, elle se persuada dans un premier temps qu'il était débordé par son reportage, elle tenta de trouver prétexte à inquiétude en inventoriant les dangers susceptibles d'expliquer son silence. Mais les jours passant, elle l'interpréta comme une négligence, de plus en plus décevante ; prise de doute, elle envisagea qu'elle se trompait, qu'il appartenait à cette espèce de reporters « une fille dans chaque port » à laquelle elle ne l'avait pas assimilé, n'y ayant même pas pensé. Par chance, au même moment, des autobus de touristes de Shanghai déboulèrent au Pupp. Ils s'extasièrent des massages d'Hanna, que leur assiduité frénétique au spa absorba assez pour atténuer son chagrin.

Et ce matin, surprise ! Sur l'écran de l'ordinateur, un e-mail : « Hezkà Hanna ! » Frédéric séjournait au Pakistan dans le Kurram, une zone tribale à la frontière sud-est de l'Afghanistan. Il écrivait que l'hiver n'y était pas encore rude et pourtant, la nuit, on entendait, comme dans les profondeurs du Grand Nord enneigé de Jack London, le hurlement des loups qui rôdent en meute autour des campements, probablement alléchés par les bruits de poulaillers ou les containers à ordures. Invisibles loups cependant, car il était impossible aux humains de mettre le nez dehors après le couvre-feu sans une bruyante escorte. Il pensait à Hanna en les écoutant, parce qu'il savait qu'elle se plairait à les entendre ainsi, pas ici, bien sûr, mais dans les forêts de Lomnický, sur les Hautes Tatras, telles qu'elle les lui avait racontées. La nuit, on entendait aussi des combats lointains, mais, en cette saison, la guerre s'évanouissait à l'aube. Avec le soleil, les champs resplendissaient du rouge des fleurs de pavot qui, grâce à une météo propitiatoire, auguraient de récoltes historiques. Les paysannes se démenaient dans les champs, les chefs de guerre se frottaient les mains en fumant le narguilé, les talibans, affables, presque rigolards, respectaient la trêve des confiseurs. Parfois résonnait une escarmouche éphémère pour tuer le temps. Sur les camionnettes Toyota, on démontait des mitrailleuses et des lancemissiles pour libérer de la place aux caisses d'opium, qui filaient sans que personne ne songe à les freiner. Les Marines américains en profitaient pour initier leurs collègues britanniques et polonais aux World Series de base-ball sur Internet. Les muezzins du mellah chantaient tous avec de magnifiques voix, aussi suaves que celles qu'on entend des villages de Jordanie et de Syrie, sans baffle grésillant ni cassette enregistrée. L'écho de ces voix berçait les esprits. Dans la cohue du bazar, Frédéric avait été apostrophé par une fille, voilée, bien sûr. Il avait marqué un temps d'hésitation avant de reconnaître une copine journaliste américaine avec qui il avait travaillé au Kosovo. Elle parlait le farsi à la perfection et dirigeait aujourd'hui une savonnerie coopérative marrainée par une association d'étudiantes de Harvard. Il promettait à Hanna de lui rapporter du savon rouge coquelicot, fleur de pavot. Il voulait savoir si elle avait conservé une adresse e-mail de Tirunesh, car le numéro de son portable sonnait hors service.

Hanna se méfia du ton désinvolte de ce message, car depuis le départ de Frédéric elle parcourait des sites Internet sur cette région tribale ravagée par les affrontements, mais l'intention gentille de Frédéric la toucha. À tout hasard elle testa les anciennes adresses e-mail de Tirunesh et d'Ayanleh, tombées en déréliction. Elle appela une copine kiné à l'Ishim Club susceptible d'avoir gardé contact, sans plus de résultat. Elle l'écrivit à Frédéric, en plus de quelques grivoiseries et les dernières nouvelles de Karlovy Vary.

Tôt le matin, un cabas à l'épaule, les cheveux noués par un fichu, Hanna monta dans le car marron à destination de Prague. Elle rompait pour la première fois son exil à Karlovy Vary, impatiente d'arriver.

À son retour de France, effarée par la hargne des journaux et des blogs tchèques, sa mère l'avait dissuadée de se hasarder dans la capitale, même de se rendre à l'Institut des sports. Hanna avait ainsi consenti à une réclusion à Karlovy Vary, moins parce qu'elle acceptait l'idée d'une pénitence que parce qu'elle aspirait à la solitude. Mais elle n'était pas d'un tempérament à se mortifier, elle l'avait seulement accepté comme une période d'expectative, une évasion, une fatalité, d'elle ne savait pas quoi, qu'elle ne redoutait pas plus que cela.

Aujourd'hui, elle ne craignait plus les malveillances et son existence cloîtrée l'angoissait. Elle allait à Prague pour y retrouver tout le monde, appeler les copines, avec elles faire la tournée des cafés, rattraper son retard en blagues pragoises. Elle allait téléphoner à Jan Železný. Il lui commenterait les dernières grosses performances lors des derniers meetings et lui donnerait des nouvelles des uns et des autres à l'Ishim Club. Elle était très curieuse de connaître les médisances qui avaient couru à son propos. Elle n'appréhendait plus la gêne que sa présence pourrait susciter chez certains copains. Elle irait au théâtre Laterna Magika, elle avait repéré un concert des Plastic People nouvelle version au Roxy avec un maximum de décibels garantis, et surtout elle n'allait pas rater un match de hockey des bleu et rouge au Sparta Arena.

Hanna se mit à penser à ses derniers championnats du monde, au Sparta Arena, chez elle, ses amis et parents réunis dans une tribune repérable à une banderole à son nom.

Elle avait superbement terminé le programme court, enchaîné les figures imposées sans un crissement de lame, ce qu'elle interprétait comme un heureux présage. Lors de l'exhibition libre, elle pénétrait sur la glace en avant-dernière position, entre l'Américaine et la Japonaise, les deux divas. Elle savait que sa mère et son coach s'accordaient à penser qu'une pareille occasion ne se présenterait plus. Elle avait choisi une tenue tzigane, elle innovait sur une musique de violons tziganes eux aussi. Tout tenter, accepter un risque téméraire, emballer la patinoire, se donner à fond, ne rien regretter. Elle patina trois minutes de rêve, instant de grâce ; le public comprit son défi, syncopa silences et ovations, elle se sentit très haut. Pour la médaille d'or, elle devait réaliser une triple qu'elle ratait parfois à l'entraînement. Elle attendit un mouvement de violons, sentit le public au diapason. Elle élargit une courbe pour donner une accélération à son élan, aïe, trop près de la bordure, trop tard pour tenter un nouveau passage, elle accéléra, sortit de la courbe en léger déséquilibre ; elle se détendit dans les airs, tripla mais retomba inclinée. La lame du patin intérieur ripa, la cheville ne put résister ; elle chuta sur la hanche. Aucune panique, elle se laissa glisser sur la hanche et la jambe et dans l'élan se releva sur ses lames sans interrompre le mouvement, puis se relança en vigoureux coups de patins, enjolivés de gracieux gestes des mains, se synchronisa aux mesures de la musique et termina son exhibition. Acclamations, standing ovation, qu'elle savait de consolation. S'ensuivit un étrange sentiment, inattendu. Elle n'éprouva ni déception, ni chagrin, ni colère, seulement un fulgurant désespoir peu à peu noyé dans un inavouable soulagement. Des années plus tard, dans les stades, lorsqu'elle assisterait les athlètes de l'Ishim, elle y penserait souvent en repérant ceux qui chaque fois frôlent la barre au-dessous d'eux, et ceux qui trop souvent la heurtent d'un rien. À ce qui ressemble à la chance et à la malchance mais, elle le comprendrait, n'en est pas.

L'autobus longeait une forêt de sapins. Le sourire de Frédéric lui apparut, elle tenta de l'imaginer au milieu des loups et des coquelicots de pavot dans sa zone tribale, dont le seul nom l'amusait. Elle pensa à son odeur dans le lit, à sa façon de se presser contre elle très brusquement, comme pour éliminer une mauvaise pensée; à sa manière un peu naïve de dire des bêtises pour un rien, et d'en rire le premier, à ses anecdotes insolites sur la guerre. Joyeuse, elle se sentit s'assoupir, la joue contre la vitre fraîche sur laquelle se mit à tapoter la pluie.

12

Vus du ciel, les plateaux noirâtres de l'Ahmar semblaient avoir été pressés entre les paumes de mains géantes. Frédéric observait par le hublot les arêtes acérées des massifs, ondulants comme autant de rides. Le bimoteur à hélices volait bas, le soleil avait jailli au-dessus de l'horizon et sa lumière irradiait des mosaïques de plateaux séparés par des excavations sans fond. Des taches vertes d'oasis apparaissaient çà et là, des palmeraies planquées au creux des massifs ou, très curieusement, à même leurs flancs arides.

Frédéric pensait au fou rire d'Hanna, à qui il avait téléphoné la nuit dernière, d'une chambre d'hôtel à Addis-Abeba. Il se réjouissait de ce qui leur arrivait. À l'époque où il parcourait l'Europe orientale pour le journal, il avait rêvé s'amouracher d'une fille de ces pays lointains, mystérieux en tout cas dans son imaginaire, Roumanie, Tchécoslovaquie, Hongrie, s'éprendre de son histoire, des pérégrinations inévitablement fantastiques de sa famille à travers des siècles fascinants qui, d'empire austro-hongrois, mondain, guerrier et musicien, s'étaient métamorphosés en empire de l'ennui socialiste.

Les massifs s'aplanissaient peu à peu. Les crêtes s'arrondissaient tandis que la terre s'éclaircissait en un beige jauni. Parfois une route rayait l'étendue d'un trait, des lits d'oueds le crevassaient en veines, se détachaient des dunes indolentes, des mamelons de sable sculptés en fantômes par les violents caprices du vent. Frédéric pouvait distinguer des colonnes de camions, des drapeaux sur des fortins entourés de bâtiments en tôle brillante, il devinait les minuscules frises des caravanes. Le mauvais pressentiment qui l'avait abandonné au début du vol le reprit.

Incapable de joindre Tirunesh, intrigué par son silence, Frédéric avait profité, trois jours plus tôt, d'un vol retour du Rwanda pour faire escale à Addis-Abeba. Il se rendit au Gaslight du Sheraton, où aucun serveur ne put lui donner la moindre indication. Il chercha Tirunesh dans les bars chauds de la nuit sans trop y croire. Au Memo Bar, le rendez-vous nocturne des humanitaires en chasse de jolies gazelles, il finit par rencontrer sa copine Lily, qui lui rapporta une rumeur sur un accident survenu à Ayanleh. Tôt le lendemain, Frédéric se rendit dans le quartier de Tirunesh pour frapper à la porte de chaque maison, jusqu'à ce que des voisins évoquent son départ précipité un dimanche matin, avec ses deux enfants et des sacs, probablement pour Jijiga.

À travers le hublot, un trait de bitume apparut entre les dunes du désert. L'avion qui tanguait en amples à-coups plongea ; malgré les bourrasques, les roues s'agrippèrent au sol jusqu'à leur immobilisation. En bas de la passerelle, tête baissée contre la tempête de sable, les passagers se précipitèrent à l'aveuglette vers un hangar où les militaires s'abritaient du vent qui enveloppait la plaine d'une ouate de poussière. Au loin, rectiligne, la coupait une route qui devait mener à Jijiga.

Un cortège de Peugeot 404 bleu ciel et blanc arriva peu après pour embarquer les passagers. Frédéric partagea son taxi avec une jeune femme, coiffée d'un fichu griffé *Harrods of London*, dont chaque mouvement de bras déclenchait un cliquetis de bracelets d'or. C'est elle qui engagea la conversation en anglais, qui ensuite, devant les grilles de sa maison, l'invita à partager les trois cafés de l'hospitalité. Dans un salon tout en tapis, poufs et coussins, l'hôtesse, épouse d'un colonel de garnison, fit apporter une pyramide de pâtisseries et se mit à expliquer à Frédéric, sans qu'il ne lui demande rien, ses missions au service du Haut-Commissariat aux Réfugiés, pour approvisionner les camps de la région.

« Quelle sorte? Huile ? Tentes ? Nivaquine ? »

Elle rit, lui tendit un café :

« Oui, et diverses marchandises. Pompes à eau, fournitures scolaires, khôl, parfois des chameaux. À peu près tout, sauf armes et carburants.

— Et le khat.

— Exact, j'oubliais, vous dites ne pas connaître la région...

— ... Mais connaître les us et coutumes, assez universels il faut bien le dire, de ces camps. Le business, vous en êtes contente ?

— Ça va, ça vient, comme toujours l'import-export avec les Blancs. Ils apportent les problèmes et les solutions, et on tâche d'attraper l'argent de passage sans jérémiades. »

Puis, elle s'enquit de la venue de Frédéric. Éberluée du motif de son périple jusqu'en lisière du désert, elle lui promit son aide, mais incita Frédéric à la prudence face aux dangers que peut dissimuler la recherche d'un homme « banni, sans plus de destin perceptible, qu'un mauvais sort a par deux fois pointé ». Elle lui conseilla l'hôtel Hamda, certes propriété d'une famille islamique, mais le plus plaisant de la ville. Frédéric grimpa dans un triporteur taxi, bleu ciel et blanc lui aussi, et en descendit à un carrefour de larges rues tellement encombrées que ce devait être le centre de la ville.

Le vent était tombé. Il marcha tout droit, pour le plaisir de se ragaillardir dans l'agitation d'une foule nouvelle, dans des rues accueillantes. Il se sentit emporté par l'euphorie de se trouver dans cette ville au bord du désert qu'il devinait tout autour et tourna dans une ruelle pour s'enfoncer dans un bazar. Les châles sur les épaules des femmes l'épataient, il se plaisait à répondre à des sourires. Il passa devant de magnifiques boutiques, contempla les ânes tirant leurs carrioles, comme accablés par leur destinée, et les chameaux impavides. Remarquant la mousse beige des cafés crème à une terrasse, il s'attabla.

À Addis-Abeba, il n'avait pas hésité un instant à venir jusqu'ici ; repartir vers Paris sans nouvelles de Tirunesh eût été impossible. C'est seulement maintenant, fatigué, qu'il osa envisager la mort d'Ayanleh, le chagrin de Tirunesh, appréhender son attitude face à sa détresse, redouter le moment où il obtiendrait des nouvelles. Il ferma les yeux un court instant et espéra très fort voir Tirunesh déboucher devant lui dans la rue.

À l'aube d'un dimanche matin qui s'annonçait morne, Tirunesh quittait le Gaslight du Sheraton pour rentrer chez elle. Excédée par l'odeur des hommes, plus qu'épuisée, elle endimancha les deux enfants pour les envoyer à l'église Sainte-Marie, où les attendaient messe et catéchisme. Puis, dans la maison silencieuse, elle se lava des odeurs sales de la nuit et se recroquevilla sur sa natte, couverte d'un pagne, la tête enfin vide dans l'intimité du tissu. Alors, une voisine cria dans la cour :

« Tirunesh ? Tirunesh ? Dépêche-toi, une mauvaise nouvelle piétine dehors. »

Un bidasse tapotant une casquette dans ses mains attendait dans la rue, contre le mur en face. Une mobylette et son conducteur stationnaient un peu plus loin.

« Madame Tirunesh, l'épouse d'Ayanleh Makeda ? Excusez-moi pour le dimanche, j'ai bien peiné à vous trouver. Je suis adjudant, c'est le Ministère qui m'envoie. Ayanleh a été frappé de terribles éclats d'obus.

— Des éclats d'obus ? Vous voulez dire... Fatals ? Ayanleh, comment...

— Non, ne lâchez pas l'espoir, il restera parmi nous bien vivant. Pour lui, les dangers de la guerre sont finis. Il est blessé d'importance, c'est seulement ce que je sais, mais il reste bien lucide. Toutefois, il ne peut être hospitalisé dans la capitale. Rapport à la discrétion, à son renom, vous comprenez. À votre choix, il peut être acheminé dans sa province natale du Tigré ou dans la vôtre. Ordre du général lui-même, il faut m'excuser pour ces funestes informations. »

Tirunesh envoya la voisine chercher les enfants à l'église, tandis qu'elle remplissait des sacs de vêtements. Dans le tumulte de la gare routière, elle fut reconnue par un chauffeur de Jijiga qui lui libéra une banquette dans son minibus. Elle ne ressentait plus le harassement de sa nuit blanche. Indifférente à la fébrilité et à la chaleur, elle gardait son calme sans effort pour parler aux enfants.

Le minibus partit enfin dans l'après-midi. Les klaxons des encombrements s'estompèrent dès que la route fut sortie des faubourgs. Une piste poussiéreuse la relaya, qui fila dans le silence des champs de tef et les premières prairies jaunies, avant de pénétrer dans le territoire des volcans dont les lacs de cratère miroitaient : le lac Bishoftu à l'eau verte, le lac Hora, rivage idéal pour la lune de miel des mariés de la capitale ; d'autres lacs plus discrets, colonisés par les flamants roses. Le premier arrêt ne tarda pas, à Nazareth, où le chauffeur acheta de l'essence de contrebande tandis que les passagers faisaient remplir leurs bidons d'eau par les fenêtres. La piste serpenta vers les plateaux d'Awash, grimpant dans la solitude d'un voyage de vingt-quatre heures — un peu plus selon la fréquence des crevaisons ou beaucoup plus en cas de bris d'amortisseurs —, trajet que Tirunesh connaissait bien, du temps de son internat au lycée français d'Addis-Abeba.

La première fois qu'elle monta dans un bus, très petite fille à la main de sa grand-mère, c'était dans un autocar rougeâtre qui tremblait et pétait et gémissait dans les côtes. Elle gardait le souvenir du nuage d'échappement noir qui obscurcissait la vitre arrière, des hurlements dans les descentes et des poules qui s'évadaient de leurs cartons. En pleine forêt, le chauffeur sortait son tapis de prière sur le bas-côté. Parfois dans les virages, la chute des bagages provoquait des empoignades, elle se souvenait surtout des ravins, d'un trajet de chaos qui ne semblait plus devoir finir.

Des années plus tard, elle avait repris le car, seule, avec, dans une valise, son trousseau de lycéenne ; trois mois après, en sens inverse, rapportant ses cahiers et son bulletin scolaire. Afin de payer « un ticket petit prix », elle se creusait un lit sur les sacs entassés dans l'allée centrale, à hauteur des vitres, et regardait défiler le paysage et ses espérances, toujours excitée à l'idée de se rendre au lycée. L'uniforme marine, la solennité des cours, les livres des poètes français. Apprendre par cœur, écouter les lectures, Villon, Racine, Arthur Rimbaud, devenu éthiopien, Victor Hugo, sans aucun doute le monument de la littérature aux yeux de ses professeurs, ou La Fontaine, le préféré de la classe; être désignée pour réciter lors des cérémonies. Sur la route du retour, elle se sentait tout aussi heureuse à l'idée de retrouver sa grand-mère, de lui décrire en français la bibliothèque du lycée Gebre-Mariam, les promenades du soir sur l'avenue Winston-Churchill, les spectacles à l'affiche de l'Alliance française ; impatiente aussi de s'enfoncer dans la cohue de Jijiga et de descendre dans la poussière jusqu'au désert.

La route se hissait sur le plateau entre des champs de tef vert et jaune éparpillés dans une étendue de lave et de savane, d'un jaune plus pastel. Le minibus roulait en pays oromo. Tirunesh montra aux enfants dans la plaine des oryx reconnaissables à leurs cornes effilées et droites, des koudous aux cornes entortillées. Parfois des singes colobes en smoking noir et blanc qui les saluaient sur leurs branches, ou les insultaient avec force grimaces. On croisait des attelages de bœufs, des camions militaires.

À Awash, ville du marché des femmes kereyus, le chauffeur s'arrêta pour déposer des colis et se rafraîchir le gosier au Buffet de la Gare, où Madame Kiki mitonne ses légendaires spaghettis *al dente*, dévolus aux passagers de première classe lorsque le train s'arrête le temps de faire du charbon. À partir de là, la route et la voie ferrée ne cessèrent de filer côte à côte et s'entrelacer sur des ponts de planches claquantes. La nuit tomba d'un coup sur les étendues de pierrailles. Des ombres défilaient que troublait parfois l'éblouissement des phares d'un véhicule. Dans le minibus, les poules se turent, les jambes des passagers s'allongèrent comme elles purent dans l'espace que parvenaient à conquérir les pieds débrouillards, les enfants s'endormirent.

Tirunesh s'angoissait en pensant aux blessures d'Ayanleh. Son anxiété fut ravivée par le sommeil des enfants, puis le calme de la nuit l'intensifia encore. Éclat d'obus, terribles blessures... À quel point souffrait-il ? Comment supportait-il cette douleur? Quelles opérations ? En avait-il peur ? Pourrait-il marcher ? Elle savait les jambes abîmées, mais la poitrine, le ventre ? Infirmité ? Comment masquerait-il son désarroi ? Elle songea que jusqu'à présent elle ne l'avait jamais vu amer, même durant les jours désastreux qui avaient suivi le contrôle antidopage.

Au village olympique de Sydney où ils s'étaient connus, Tirunesh avait immédiatement apprécié la douceur d'Ayanleh, inattendue chez un garçon de cet âge, champion de surcroît, mais elle l'avait confondue avec une forme de timidité, qui la touchait d'ailleurs beaucoup. Très vite, cette douceur s'avéra une réelle gentillesse, prévenante à son égard, amoureuse, qu'au fil du temps jamais la dureté de l'univers de la compétition n'allait altérer.

Elle se souvint de sa surprise, la première fois qu'elle le vit en short, si menu dans le peloton du marathon de Sydney. Elle le rencontrait tous les matins en survêtement, l'avait accompagné deux ou trois fois en blazer officiel, elle l'avait regardé dans son lit, mais de le voir, de loin, courir jambes nues, en short, soudain frêle dans la cavalcade, et si fier ! Quelle drôle de sensation. Il n'était soudainement plus le jeune champion qu'elle fréquentait, réjoui parmi les autres champions du village, ni l'amant vigoureux que ses jambes avaient enserré, mais un tout petit bonhomme, si vulnérable au milieu de la meute !... Ses blessures pouvaient-elles l'accabler ? Allaient-elles aigrir son âme ? Introduire la tristesse au sein de la famille ? Provoquer de la colère à l'encontre des enfants ? De la violence ?

Tirunesh avait traversé son enfance dans l'effroi d'une domination maritale, sous la menace d'un mariage avec un lieutenant, cousin de sa mère, dont chaque visite à la masure de ses parents lui était rapportée avec son lot de présages par les voisines de la rue. Malgré les promesses de sa grand-mère, et des gestes affectueux pour les conforter, de ne jamais céder, elle n'avait cessé de redouter une rouerie de ses parents, avait été angoissée à l'idée de devoir renoncer au lycée et quitter Jijiga pour suivre un mari dans une ville des hauts plateaux, d'abandonner ses livres. Elle avait vécu dans la peur des brutalités conjugales évoquées par les femmes dans la cour, jusqu'à sa rencontre avec Ayanleh qui l'avait conquise par sa douceur. Mais désormais ?

Au loin, sur la route, la rondelle de feu du soleil s'était entièrement extirpée des brumes lorsque le chauffeur arrêta le bus en pleine steppe, près d'un baraquement. Des mécaniciens en sortirent aussitôt, faisant rouler devant eux des pneus neufs.

Les passagers descendirent pour entamer leurs ablutions autour d'une source. On étendit des nattes, on cassa le bois pour le feu, prépara le café noir et le thé, et la cuisson des galettes de tef. On se mit à parler dans le silence de la plaine, à peine troublé par un vent matinal encore indécis. Tirunesh emmena ses deux enfants marcher dans la pierraille afin de dégourdir leurs jambes. Des bastions gréseux affleuraient au loin telles des forteresses abandonnées à leurs ombres. Une cohorte d'autruches prétentieuses, frétillant des fesses à leur passage, les amusa. Un autre bus, en sens opposé, stoppa à son tour. Les passagers échangèrent des nouvelles. Le chauffeur cria le signal du départ.

À Diredaoua, le minibus attaqua l'ultime montée vers les plateaux. Apparurent les bosquets de genévriers, des buissons de khat clairsemés dans la savane, puis les champs de khat, vallonnés à l'infini en sillons ordonnés, et dès lors les collines se rafraîchirent d'une verdure céladon à perte de vue. Le minibus ne s'y trompa pas qui roula requinqué, le moteur exultant, le chauffeur chantant, les passagers animés ; les poules se disputèrent, de plus en plus inquiètes.

Au bord de la piste, des paysannes confectionnaient des bouquets de khat, qu'elles proposaient en même temps que des sacs de café, des coupons de tissu. Les passagères imposèrent au chauffeur une halte pour négocier des achats, au risque de surcharger le véhicule à l'abord du dernier tronçon. Tirunesh savait que la route contournerait Harar, et le regrettait pour les enfants. Elle aurait aimé leur montrer les remparts et les leur raconter avant qu'ils n'arrivent chez sa grand-mère près du désert, leur expliquer que si, à l'étranger, Harar rappelle le raffinement d'une civilisation bénie, elle signifie beaucoup plus pour sa région, où elle illustre, un peu comme Tombouctou, l'apogée d'une ascendance intellectuelle, un siècle des Lumières de l'Afrique, dont ses habitants s'enorgueillissent jusque dans les oasis. Elle se promit d'y revenir, peut-être avec Ayanleh qui n'y était jamais allé.

Dans la descente des montagnes Ahmar, l'air devint sec et poussiéreux. De nouveau s'étendit la rocaille des ravines et des cratères. Le dénuement lunaire imposait le silence à tous les passagers. La fournaise s'annonçait. Soudain, les premiers chameaux apparurent, en troupeaux dispersés parmi les broussailles. Ils avançaient de leur marche chaloupée dans la plaine ourlée de lave, ils semblaient sauvages, mais Tirunesh savait que leurs propriétaires veillaient sur eux de loin, à l'ombre de bosquets. Les animaux ramenèrent Tirunesh à Jijiga, dans les rues de son enfance lorsqu'elle se faufilait à l'arrivée des caravanes pour jouer entre les pattes des grands animaux.

Le sable et la pierraille recouvraient le paysage. Sur la route, les véhicules humanitaires et les convois militaires se succédaient plus nombreux, camions chargés de caisses, de troupes. Tirunesh appréhendait d'avancer en direction de la guerre, là-bas, vers l'Ogaden, d'en entendre les camions et les cris, les bombardements, d'en vivre tous les jours l'anxiété silencieuse, d'en rapprocher les enfants. L'existence qui l'attendait chez sa grand-mère, à Jijiga, ne lui faisait pas peur. Elle ne regrettait Paris ni pour les balades au Luxembourg, ni pour l'Unesco, ni même pour l'Opéra et l'excitation mutine d'Ayanleh, mais peut-être pour l'École alsacienne. Même si elle ne s'était pas sentie à l'aise aux portes de l'école, renoncer à cette chance pour ses enfants la perturbait depuis son retour. Elle avait espéré leur épargner la fatalité de la guerre, elle les avait rêvés petits Français, insouciants et gâtés, loin du bruit des tanks.

Le soleil de l'après-midi frappait la carrosserie. Les fenêtres fermées à la poussière rendaient l'air plus cotonneux. Les passagers se mirent à somnoler dans le plat paysage de pierrailles que traversait maintenant la route droite, prêtant parfois attention aux palmiers, aux marchés en bordure des villages, aux campements de tentes rondes dans le creux des dunes. Puis les versants des dunes se recouvrirent des camps de réfugiés, les tentes kaki alignées au cordeau, au-dessus desquelles flottaient sur des mâts les drapeaux bleus onusiens, et des campements plus apathiques d'abris en plastique dispersés où déambulait un bétail famélique, où des meutes de gamins couraient derrière des balles de mousse emmaillotées de feuilles. Des massifs de fleurs surgirent au-dessus des premiers parapets, les villas ceintes de grilles apparurent, la route s'enfonça dans les faubourgs, les lauriers-roses, les tamaris, les figuiers, la poussière, les cortèges de carrioles et le claquement des sabots.

Tirunesh retrouva la gare routière telle qu'elle l'avait quittée plusieurs années auparavant : les bus et les camions stationnés de travers sur le terre-plein dans un enchevêtrement qui semblait sans issue ; la voix tonitruante du speaker, perché sur le toit du bureau des guichets pour hurler d'incessants départs. Une odeur d'huile brûlée se mêlait aux klaxons. Les femmes, enveloppées dans leurs étoffes, assises sur leurs colis, regardaient leurs hommes s'agiter. Les aides-chauffeurs rudoyaient les retardataires, les animaux sommeillaient, pattes ficelées.

Les mêmes taxis triporteurs, d'un bleu lustré, ronronnaient en file. Tirunesh en héla un. Quand le véhicule se coula dans les rues, les enfants, encore vêtus de leurs habits du dimanche, scrutèrent muets le tohu-bohu.

Rien n'avait changé non plus sur le portail en fer de la maison. Ni les dessins que formaient les taches de rouille et qui émurent Tirunesh, ni le bon vieux grincement plaintif des gonds ; elle retrouva avec bonheur l'éternelle pierre de butée. Voir la cour si inchangée, à ce point identique au souvenir qu'elle en avait et à ce qu'elle espérait, lui fit éprouver quelque chose de très intime. Les tapis étendus sur le fil, les voix qui semblaient murmurer un conciliabule ininterrompu. Elle s'amusa de remarquer immédiatement la disparition d'un figuier, dans lequel elle grimpait autrefois pour espionner la cour d'à côté. Des femmes, leurs bassines de linge et des bidons à leurs pieds, entouraient le robinet d'eau de la cour, elles esquissèrent un timide geste de politesse à l'adresse des arrivants.

Les deux enfants suivaient Tirunesh sans lâcher sa jupe. Plusieurs gamins s'attroupèrent, pieds nus, perplexes. Une brebis bêla. Une dame aux cheveux grisonnants, assise en tailleur sur la véranda, tourna la tête et, lâchant le poulet qu'elle était en train d'éplumer, se précipita vers Tirunesh, tapant dans ses mains et poussant des exclamations joyeuses en une mixture de français et d'afar qui fit rire tout le monde.

13

D'un tabouret bas, au ras du trottoir d'une rue allant au bazar, avec à la main un café mousseux, Frédéric ne se lassait pas de regarder passer les hommes qui marchaient en lançant leurs jambes haut devant, le buste bombé, sans doute par habitude de lutter contre le vent quand il s'engouffre dans la ville ; les gracieuses filles somalies, leurs voiles, souvent dans les tons bleus, parfois rouges ou noir et rouge, posés sur leurs épaules et qui, immanquablement, sans doute amusées, souriaient à l'étranger. Des ânes gris-beige au ventre un peu pelé tiraient, la dégaine désabusée, des citernes. D'un coup de pied contre le brancard, le conducteur les stoppait de porte en porte. Des cavaliers paonnaient sur des chevaux efflanqués, mais fiers dans leurs harnais colorés. Les gamins lançaient en riant des mots d'anglais à Frédéric en guise de salutation.

L'un d'eux vint jusqu'à lui pour dire :

« Abeenazer vous informe que le numéro 8 s'est libéré et vous espère. »

Il le suivit jusqu'à l'enseigne d'une boutique Los Angeles Stars Internet dans une pièce étroite. Dix ordinateurs datant de Mathusalem se serraient le long d'un mur, autant en face. Au fond, debout derrière sa table, l'attention fixée sur ses clients afin de leur porter secours au plus vite, se tenait Abeenazer, jeune homme longiligne, didactique et gentil, d'un flegme irréductible, qui connaissait la préférence de Frédéric pour l'ordinateur 8, le plus rapide.

Frédéric se connecta sur « lequipe.fr ». L'arrivée du Tour de France se disputait ce jour-là au sommet de Luz-Ardiden. Il aimait suivre, dépêche après dépêche, les derniers kilomètres des étapes. Il fit ensuite défiler les titres de son journal, ceux de quelques quotidiens étrangers, s'attarda sur des émeutes à Peshawar et parcourut les derniers paragraphes d'un blog hippique. Une femme entrait de temps en temps pour proposer des tasses de café sur un plateau d'airain.

La voisine de Frédéric, une adolescente au visage rond et mignon, étreint dans un voile islamique noir, pianotait sur son clavier en pouffant fréquemment d'un rire jubilatoire qui l'intriguait depuis plusieurs jours. Curieux, il recula sa chaise pour lire par-dessus son épaule et surprendre la conversation qu'elle entretenait (ce jour-là ? Tous les jours, plus vraisemblablement) avec, comprenait-il en lisant, un garçon américain prénommé Terry, de Greensboro, en Caroline du Nord. Elle écrivait à la vitesse d'une dactylo.

« Terry, est-ce que tu crois en Dieu? demandait la gamine, sans employer le mot Allah.

— Bien sûr, lui répondait le teenager. Je suis baptiste, c'est le plus répandu dans notre État, les messes sont très chantantes grâce aux chorales blacks, les negro spirituals, tu dois connaître. Ma mère chante aussi. J'ai une bible dans ma chambre, mais je ne vais plus à l'église le dimanche grâce aux entraînements de base-ball. Et toi?

— Chez nous, le jour de prière a lieu le vendredi. Mais ce sont surtout les hommes qui y vont. Les femmes se déplacent les jours saints. Qu'est-ce que le base-ball?

— Le base-ball... Tu ne suis pas les Blue Jays? Ce sont mes favoris... »

Quelques instants plus tard :

« Est-ce que dans ton pays on pratique le commerce équitable? demandait le garçon.

— Oui, bien sûr, tous les jours, affirmait la fille. Pas chez toi?

— Ce n'est pas encore très connu, nous n'en avons pas vraiment besoin, mais je l'ai vu marqué sur des tablettes de chocolat importées d'Afrique, c'est pourquoi je te le demande. Quel est ton groupe de musique préféré? Moi, c'est Kings of Leon. Tu connais? Ce sont des sudistes, mais ils sont trop délire! »

La fille interrompit à cet instant le dialogue, pour chercher sur Google une fiche sur le commerce équitable, une autre sur le « sudisme », et sur les Kings of Leon, qu'elle lut avant de répondre. Ils poursuivirent sur Michelle Obama qu'ils trouvaient tous deux « super-cool », les dévastations des ouragans, la fonte des banquises et la menace qu'elle fait peser sur l'avenir des ours blancs.

« Est-ce que tu connais la guerre ? s'inquiétait le garçon. Aux States, les télévisions montrent beaucoup d'images, surtout celles de l'Irak et de l'Afghanistan, parce que beaucoup de Marines y sont envoyés. On ne parle jamais de ton pays, mais de la Somalie, j'ai vu que c'était pas loin de chez toi, j'ai beaucoup lu sur le Net, surtout à cause d'Al-Qaida et des pirates. Et chez toi ?

— Oui, bien sûr je connais la guerre, répondait son interlocutrice. Elle ne manque jamais de passer dans l'Ogaden. Elle ne laisse pas d'images derrière elle, mais des morts et des misères. Les anciens en parlent le soir, surtout si des caravanes apportent des nouvelles. On la craint tous les jours, mais en ce moment ça va un peu, elle ne résonne plus dans ma ville comme auparavant, elle semble s'être absentée plus loin, vers Mogadiscio. C'est à des jours de voyage, c'est très menaçant là-bas... »

Absorbé par sa longue lecture, Frédéric ne détourna pas le regard assez promptement lorsque, d'un mouvement de tête, avec un sourire lumineux, elle le prit en flagrant délit d'indiscrétion.

Puis il tria ses messages. Un de la secrétaire du service étranger : « Frédéric, bonjour ! Si tu es encore en Éthiopie, appelle d'urgence Gilles. Au sujet des combats à Hargeisa, tu es au courant, je me doute. Maria essaie de passer par Mogadiscio, mais elle est bloquée en route. Je t'embrasse. Catherine. J'allais oublier : Pierrot, de l'Économie, m'a demandé comment te joindre. Puisqu'on ne peut le faire facilement, il va t'écrire un mail. Sois prudent. Re-bises. »

Il trouva ce message du chef du service Économie : « Salut. J'espère que tout baigne pour toi. Comme tu m'avais parlé de Nathan Ossipovnitch à la cafète, je te bascule cette info que m'envoie un copain du *Guardian.* Ton gugusse a été repéré dans les zones tribales, près de là où tu as été au Pakistan. Un humanitaire, qui passait par là, s'est empressé de le prendre en photo avec son portable. On le voit affalé sur des polochons brodés, dans un patio grand style. Derrière lui des acolytes patibulaires friment dans des fauteuils, leurs kalaches posées sur les genoux, aux côtés de collègues en costume local, mêmes kalaches. Il boit le thé au sein d'une sorte de cénacle de Pachtouns. Des chefs de guerre très connus, pas talibans pour deux sous, plutôt ennemis sanglants, me souligne mon pote du *Guardian,* mais régnant sur les plantations d'opium des vallées de la région.

Ils portent le *kameez* coutumier, ils fument le narguilé, ils papotent à la bonne franquette, l'image est très exotique. Mais ça fait désordre, en particulier dans les milieux sportifs. Qu'en dis-tu ? Marrant, non ? Portetoi bien, gars. »

Et un message d'Hanna, qui racontait des potins drôles sur Karlovy Vary, auquel il répondit en détaillant son séjour à Jijiga.

Dehors, il retrouva son tabouret sur le trottoir. Deux hommes buvotaient leur café à côté, l'un en costume noir, l'autre en djellaba.

Le premier tendit une main à Frédéric :

« Comment allez-vous depuis hier ? Je me suis permis d'amener un ami, il s'appelle Seyoum ibn-Sayyid, nous collaborons.

— Vous aussi travaillez dans l'importation d'or ? Dubaï, Mogadiscio ? demanda Frédéric. Ça marche si fort que ça en Somalie, ces temps-ci ?

— L'or, parmi d'autres visées. Ici, ce sont les événements qui nous désignent la marchandise avec quoi nous débrouiller.

— Et comme votre ami, vous êtes agrégé en histoire à la Columbia University, spécialiste des croisades d'Ibrahim le Gragn ? Ou peut-être de la victoire du Mad Mullah Muhammad à la bataille de Dul Madoba ? »

Tous trois rirent, le premier reprit :

« Non, Seyoum est plus méritant, il ne s'est pas fourvoyé dans les méandres universitaires comme moi. Son nom ne vous rappellera rien, mais il a été notre champion du monde de cross-country, il a triomphé à lui seul de tous les Kényans. L'unique champion de l'Ogaden à ce jour, c'est bien lui, du Nord au Sud, et pour longtemps. C'est pourquoi je lui ai demandé de venir.

— Championnat du monde à Dublin.

— Et vous connaissez Ayanleh Makeda ?

— Non, je ne l'ai jamais croisé. Il n'a jamais habité Jijiga. Mais comme mon ami m'a parlé de votre enquête, j'ai chassé des informations parmi mes connaissances. Bon. Il est bien arrivé à l'hôpital de Jijiga, il y a séjourné sans embûche. Il en est sorti bien vivant. Peu après, il s'est esquivé, on ne l'a jamais remarqué au bazar, il ne s'est jamais présenté dans nos cafés d'intellectuels, au centre-ville. Je n'ai encore rencontré personne pour dire où il se trouve. Toutefois, je vais poursuivre avec succès.

— Merci, je vous offre un café ?

— Vous n'y pensez pas, vous restez notre hôte. Et bientôt l'heure du khat. Vous connaissez, je présume. »

14

L'ombre d'une silhouette qui s'immobilisa devant lui suspendit l'éblouissement solaire dans lequel Frédéric rêvassait. Il sourit en reconnaissant le visage de l'éleveur. Ce dernier s'assit sur ses talons face à Frédéric, posa son bâton et, les doigts de ses deux mains écartés en des gestes éloquents, remit ça sur le tapis comme chaque matin depuis plusieurs jours. Il voulait marier Frédéric à une de ses filles et poursuivait les pourparlers à cette fin.

« Malgré ce que vous pensez des Blancs, je ne suis pas assez riche pour payer la dot, surtout si votre fille est aussi belle que les gens le disent, ergota Frédéric.

— Si vous la conduisez à Paris pour lui proposer une bonne vie et si vous emmenez avec elle sa sœur cadette pour veiller à bien la marier, à un jeune homme de votre connaissance de très bonne lignée, je vous la donne.

— Vos deux filles mourraient toutes deux de froid et de mélancolie, chez nous.

— Et mes chameaux, eux, n'endurent pas la mélancolie. Regardez comme ils se présentent en bonne santé, combien vous allez m'en acheter à la fin ? Ces trois-là, encore jeunes et déjà robustes, des pattes infatigables, des bosses nourricières. Inspectez les pieds sans écorchures, pas de fendilles sur les ongles, pas de cicatrices, ils peuvent mener vos marchandises même dans le basalte ou le sel ; tâtez les flancs garnis, vous pouvez les manger ou les travailler, ils sont très dociles, ils vont s'acclimater.

— Bien, bien, pourquoi pas. Des promenades en chameau dans le jardin des Tuileries, entre le Louvre et la Grande Roue, ça pourrait faire un carton. Proposez un prix et on démarre les négociations. »

Ils se tapèrent dans la main en rigolant.

À quelques kilomètres de la ville, adossé à l'enceinte du vaste enclos du marché aux chameaux, situé près d'une palmeraie, Frédéric se chauffait au soleil comme chaque matin. Il s'y rendait en triporteur, très tôt, afin de ne pas rater le spectacle de l'arrivée des troupeaux. Depuis des oasis invisibles dans la plaine, ils affluaient sur les pistes que l'on devinait aux contours des dunes et des vallonnements, jalonnés de loin en loin d'arbres aussi courageux que rabougris, entre lesquels roulaient des buissons dans le vent. Les éleveurs marchaient à leurs côtés en saris, munis de leurs longs bâtons.

Frédéric ne se lassait pas de parler bétail avec eux, de parfaire son éducation. Il n'ignorait plus rien de la suprématie endurante de cette espèce de petite taille, gris et beige comme la pierraille, sur ses grands cousins jaunes des déserts de sable mauritaniens ou tatars. Il pouvait jauger une bête à viande en la tâtant sous l'épaule, distinguer une bête à caravane au long cours — stars hautaines des troupeaux qui marchent huit jours sans boire et mesurent l'ampleur de leurs exploits —, une bête plus sociable pour les travaux domestiques, une femelle à lait, les entêtées, les dociles, les misanthropes, leurs malices, leurs perversités, évaluer leur prix, les regarder dans les yeux pour tenter d'y lire leurs lubies et leurs tempéraments. Caractérielles ou souverainement zen, débonnaires, hargneuses l'instant d'après, serviles et serviables, mais soudain réfractaires à la moindre parole.

Il apprenait à évaluer la fatigue de la bête à l'allongement vers l'avant de son cou, il maîtrisait le maniement pour les abreuver au goutte-à-goutte par les narines comme le font les caravaniers autour des sources perdues dans les sables afin d'économiser l'eau. Il s'amusait aussi à entendre les vitupérations des éleveurs et les pleurnicheries parodiques des maquignons, se menaçant de leurs grands bâtons. Il aimait s'imprégner de lumière solaire, dans cette atmosphère où alternaient, selon le vent, l'empoigne des foires aux bestiaux et le silence des ergs au-delà du mur, renouvelant ainsi une énergie indispensable à la poursuite de sa recherche. Car il savait Tirunesh en ville.

Il l'avait appris inopinément quelques jours plus tôt à Wajale, ville frontalière, où il s'était arrêté afin d'envoyer son article au journal, de retour de Somalie dévastée par les milices. Un flot de réfugiés submergeait l'endroit, le boucan des rondes d'hélicoptères martelait l'air. En compagnie de son interprète, il déambula dans la grande rue encombrée de camions de militaires, d'autocars pétaradant des nuages noirâtres, qu'observaient, flegmatiques, des bataillons d'ânes et des vaches qui, elles, roulaient sans cesse des yeux paniqués à la perspective d'une liberté non désirée. Tentés par le porche en faïence de ce qui leur parut le restaurant huppé de la ville, un endroit où s'abriter de l'effervescence et obtenir une connexion Internet, ils pénétrèrent dans un jardin de lauriers-roses. Là, Frédéric se frotta les yeux : sous une tonnelle, il reconnut à une même table la dame aux bracelets du premier jour à l'aéroport et Seyoum, l'ancien champion du monde de cross-country, en grande conversation avec un officier en treillis bleu-gris et un personnage en djellaba barrée de cartouchières, lequel — son interprète le lui chuchota à l'oreille — commandait la plus intraitable milice. Tous quatre semblaient sceller un déjeuner d'affaires autour d'un narguilé. La négociante lui fit signe d'approcher et, sans aller jusqu'à l'inviter à se joindre à eux, lui tendit une corbeille de pâtisseries.

« J'ai soutiré des renseignements pour vous, lui dit-elle. La dame que vous cherchez a été embauchée par l'organisation Hope for the Poor Farmers of the Dry Land. Elle a duré plusieurs semaines comme traductrice. Peu après, elle a été congédiée puisque cette organisation a délaissé notre province pour se consolider au loin, dans le Darfour. Depuis, aucune nouvelle, sauf qu'elle a bien été aperçue, elle n'a pas quitté. J'ai exhorté tous les *taximen* à la chercher dans les quartiers. »

Revenu à Jijiga, il se mit à demander Tirunesh auprès de toutes les organisations étrangères de la région, sans résultat.

Jusqu'à ce qu'un après-midi un chauffeur de triporteur vienne le trouver au marché aux chameaux.

« Est-ce que vous disposez d'un petit moment ? lui demanda-t-il, excité. Il semble que j'ai attrapé la bonne nouvelle que vous attendez intensément. »

15

Le triporteur traversa la ville à toute vitesse et, seulement lorsqu'il eut atteint le dernier faubourg, il ralentit dans une large rue de terre, trouée de fondrières. De part et d'autre, des tentes rondes étaient plantées sur les terrains en friche où se délassaient des chameaux. De rares maisons bordaient la rue, protégées de palissades en pierre par-dessus lesquelles se déversaient des massifs de fleurs pourpres, jaunes, de toutes couleurs vives. Le *taximan* s'arrêta devant un portail en fer.

« C'est bien là que vous la rencontrerez », dit-il, radieux.

Frédéric s'approcha du portail entrouvert. Déjà des gamins de la rue accouraient, dont les plus hardis se risquèrent à toucher du bout des doigts la peau blanche sur ses avant-bras. Il frappa sur le métal et osa un pas dans la cour. Son regard fut ravi par de grands arbres à fleurs rouges encadrant une pergola en bois. Un fort parfum de jasmin triomphait des effluves de fumée, des femmes bavardaient près d'un amoncellement de bidons. Il découvrit Tirunesh qui, à l'aide d'une branche de palmier, éventait des braises sous une marmite, un pagne noué autour de la taille, un tee-shirt des Boston Celtics sur le dos, les pieds boueux. Elle poussa un cri en l'apercevant, puis éclata de rire et s'enfuit dans la maison. Des figuiers et des palmiers ombrageaient le pourtour de la cour. Deux gamines reprirent leur balayage ; les femmes, elles, leur conversation, un œil amusé sur l'intrus qui attendait, lui aussi guilleret. Des tapis séchaient sur les fils tendus entre les arbres, des touracos à huppe blanche sautillaient d'une branche à l'autre, des chèvres taillaient la broussaille. Une des femmes vint jeter une poignée d'encens dans les braises qui aussitôt embaumèrent l'air. Tirunesh réapparut à la porte, un beau sourire aux lèvres. Elle avait lissé ses cheveux dans un ruban de velours, elle portait un jeans, des babouches roses incrustées de fragments de miroir, un châle turquoise. Elle fit apporter deux fauteuils en plastique sous un arbre.

« Te voilà donc à Jijiga. Tu ne crains pas les voyages. As-tu roulé par Diredaoua ou volé ? Tu es là pour quoi ?

— J'étais tout de même inquiet, depuis le temps. Comment ça va ? La famille ? Aucun signe de toi. Impossible de te joindre au téléphone, pas d'e-mail. Ton départ tellement précipité d'Addis, tes voisins m'ont raconté. Je suis passé là-bas, j'ai fini par rencontrer ton amie Lily au bar du Mémo. Elle m'a appris la blessure d'Ayanleh. Mais, bon Dieu, pas simple de te trouver, vous ne vous montrez pas beaucoup en ville. Alors ? »

Elle lui sourit. Il désigna la maison.

« Et Ayanleh ?

— Non, il est absent en ce moment. Quelques affaires l'ont emmené ailleurs.

— Donc, il se déplace, il marche tout seul ?

— Il ne va plus courir, pour lui cette destinée de marathons s'est achevée, mais ses pas vont où il veut sans trop d'anicroches. »

Frédéric n'osa pas demander plus de détails ce premier jour.

« Ici, donc, c'est ta maison natale.

— Non, la maison de temps plus heureux. C'est chez ma grand-mère. Elle se repose pendant la chaleur, mais elle viendra te saluer.

— Et comment ça va ? Le moral ?

— Il va où nous mène la vie. Chez nous, le moral ne plie jamais. La nourriture suffit, les voisins sont obligeants, tu vois, la santé n'est pas fragile. Ce n'est que pour les enfants qui se heurtent à leur nouvelle vie que j'ai des pensées.

— Parce qu'ils ne s'adaptent pas ? Ils... »

Tirunesh s'esclaffa.

« Oh si, ils s'adaptent trop bien, c'est bien ça qui me tracasse. Je ne les voyais pas grandir ainsi vers l'adolescence parmi les ânes et les chèvres. »

Frédéric remarqua qu'elle ne portait plus un lourd bracelet en or tressé qu'il lui avait toujours vu au poignet, ni un joli pendentif, et que ses bijoux soubresautaient comme du plaqué.

« Tu ne sors plus de cette cour ?

— Sortir, et pour quoi faire dehors ? Me faire attaquer du regard ? Je me trouve bien à l'aise, ici.

— Je ne sais pas. Te promener, boire le thé avec les copines à la pâtisserie Al Salam, envoyer des e-mails aux gens qui en espèrent certainement avec impatience, à Paris, Boston. Chanter à la chorale de la paroisse, tu aimes ça. Il y a une bibliothèque, j'ai vu, peut-être un cinéma ? Ça nc tc manquc pas ?

— Pas du tout. Les occupations se bousculent, ici. Et toi ? Encore à te faufiler entre les guerres. À voir tous les réfugiés qui franchissent la ville ces derniers jours, je suppose que les attaques ont dû être très sauvages à Hargeisa. Tu as peut-être piétiné là-bas ?

— Oui, c'était impressionnant. De la sauvagerie, pas mal de terreur, des combats très brefs, mais le plus impressionnant, c'était l'affolement, en un sens démesuré.

— Les terribles rumeurs font fuir les gens plus vite que les morts, surtout si ces gens ne se sentent pas chez eux. En Afrique, quand trop de richesses se dissimulent sous des terres pauvres, elles nourrissent la peur de la guerre. Derrière la peur de la guerre suit pas à pas la guerre... De Paris, quelles nouvelles ? Un nouveau drame de l'immigration et les rouspétances qui les accompagnent ? La crise des Bleus ? La crise de la banlieue, celle de la quarantaine, celle des retraites et les crottes de chien souillant les trottoirs ? »

Elle sourit, lui aussi.

« Exact. Immuable. Paris vous manque beaucoup ? »

Une dame vint servir cérémonieusement le café et rejoignit le cénacle des femmes près du robinet d'eau. Frédéric reprit :

« J'ai fait la connaissance d'Hanna. Je l'ai rencontrée en Tchécoslovaquie. Elle habite là-bas, maintenant. Elle m'a parlé de l'affaire. Sans se dérober. Tu veux que je te le répète ?

— Donc, elle aussi a été chassée ! Hanna est une bonne personne, son cœur déborde de dévouement. Elle garde un esprit très gai en toutes occasions, elle ne craint pas son destin. Je ne la blâme pas, mais vers où vont nous tirer ses explications ? Non. C'est risquant d'écouter de telles vérités tardives car elles peuvent ronger la tranquillité qui a été préservée. Je ne suis pas curieuse, je ne suis pas tentée de tourner la tête vers l'arrière et son lot de regrets. Le temps me dit de patienter.

— Juste une question indiscrète. Tu savais, à ce moment-là, qu'Ayanleh était atteint de malaria ?

— Frédéric, quelle niaiserie ! En Afrique ! Tu crois que la malaria frappe à la porte avant d'entrer ? Elle va, elle vient, mais elle n'oublie personne. Ni Ayanleh ni ma grand-mère, moi ;

bientôt les enfants connaîtront la goutte épaisse. Peut-être même toi, qui fais l'Africain. Tu ne transpires jamais la fièvre ? »

Comprenant que sa présence retardait le repas, qu'il devina préparé sans viande, ne pouvant donc lui être proposé, Frédéric se leva.

« On se revoit bientôt? demanda-t-il en serrant la main de Tirunesh.

— Ah, parce que tu vas durer à Jijiga ? »

Perplexe face à l'attitude de Tirunesh, il remonta la rue en flânant. C'était l'heure où les femmes tiraient, en traînant les pieds, le licol de chameaux attachés l'un derrière l'autre, qui rapportaient des jarres arrimées sur leur dos, sous le regard des hommes qui mâchonnaient le khat. Il se dirigea vers l'Adom, l'hôtel des fonctionnaires d'Addis-Abeba en mission, refuge où, derrière la clôture d'euphorbes, seulement épié par des yeux de gamins, il pourrait vider quelques bières dans l'air paisible du soir.

Avant de retourner à la maison au portail en fer, il envoya un enfant annoncer sa visite ; une Tirunesh joyeuse l'accueillit. Une chaleur torride alanguissait la cour, les chèvres s'obstinaient à tailler la haie, au ralenti ; une marmite mijotait sur un feu dans le petit cabanon de la cuisine. Des dames, pour la plupart les mêmes que la dernière fois, nettoyaient leur vaisselle en blaguant. Des bourrasques de poussière, soufflées par le vent au-dessus des palissades, brouillaient le parfum des fleurs et de l'encens. Tirunesh l'invita à s'asseoir sur la véranda. Elle demanda :

« Tu t'accoutumes à Jijiga, malgré la fournaise ? Les bistrots à vin du Panthéon ne te manquent pas trop ?

— J'aime énormément l'ambiance ici. Ce n'est pas une ville splendide à visiter comme Lalibela ou Harar. Mais ce désert qui nous entoure à perte de vue, c'est magique, ça crée une atmosphère un peu fantastique. Avec les ruelles du bazar si fouillies qu'on se croirait chez Ali Baba. La nonchalance du khat, celle des chameaux, moins paresseuse quand même ; et surtout, j'adore les banquettes en velours grenat des triporteurs Bajaj, tricylindres quatre temps bleu et blanc.

— La séduction de l'Ogaden, te voilà charmé. Ni l'âpreté des hauts plateaux, ni la violence de la Somalie...

— Séduction est le mot adéquat. Ces foulards en soie sur les épaules des dames, ces sourires, le lever du soleil sur les campements de tentes, l'odeur d'encens partout.

— Oh oh ! C'est plus que j'imaginais. Toi qui sembles t'acheminer sur le chemin de l'amour, voudrais-tu qu'on te marie à Jijiga ? Ma grand-mère est très réputée dans ce rôle, elle a bien marié beaucoup d'habitants du quartier, aucun ne s'en plaint.

— Bon à savoir. Mais un éleveur de chameaux a déjà pris une option pour me caser une de ces deux filles, ou les deux, d'ailleurs, si je veux.

— Je ne suis pas étonnée. Avec tes yeux bleus, tu peux réclamer la fille du gouverneur.

— Pourquoi les yeux bleus en particulier?

— Tu le demandes, toi ? Je vais te dire pourquoi. Un Noir peut surpasser ou égaler un Blanc en toutes choses, courir plus vite évidemment, devenir plus riche quelquefois, se montrer plus beau, plus intelligent bien sûr, plus musicien, plus fort dans le lit. Une seule compétence lui sera à jamais inaccessible : donner des yeux bleus à ses enfants. Il peut s'en désoler et maudire le ciel, surtout ici. »

Ils rirent.

« J'imagine, surtout ici. Les Peugeot, les coussins des chameaux, même les carrioles des ânes sont parfois d'un bleu sublime.

— Tu as donc rencontré Hanna en Tchécoslovaquie ? Où habite-t-elle ?

— Une ville thermale de Bohême, Karlovy Vary. Un endroit romantique, tellement exquis que la plupart des écrivains et musiciens du XIXe siècle y ont séjourné pour travailler, surtout les Allemands et les Russes. L'Europe orientale des arts et des lettres. Toi qui aimes les romans romantiques, tu t'y plairais.

— Je me plaisais déjà en Europe orientale, lorsque nous y passions pour des marathons. Les gens. Ils se montrent plus confiants que chez vous. Plus aimables, plus de préjugés à notre encontre, mais plus directs. Toutefois, y vivre...

— Quels endroits t'ont fait rêver dans le monde, justement, pour y vivre ?

— On passait des nuits à en parler avec Ayanleh. On envisageait de s'installer à l'étranger à la fin de ses marathons. On se plaisait des coutumes nouvelles. Ayanleh ne pensait qu'à l'Australie. Il se disait enthousiaste des Australiens. Peut-être parce qu'il pensait que ce serait plus facile pour nous de commencer une nouvelle existence très loin des tracas de notre enfance.

— Ou peut-être parce que vous vous êtes aimés là-bas ?

— Oui, et il pensait que tous les Australiens continueraient d'être aussi gentils avec lui qu'ils l'avaient été dans le village olympique, et qu'il serait aisé d'acheter de vastes terres. Il se voyait près de troupeaux face à de grands paysages. Moi, c'était la Grèce. Je nous voyais heureux en Grèce. Là-bas on ne se bouscule pas rudement comme à Paris. Le soleil d'abord, qui éclaire même l'hiver, le vin rustique qui rend joyeux. Peut-être que je suis trop sensible à la beauté d'un patrimoine disparu, la nostalgie de cette chose très intense et dérisoire qui nous lie à l'Antiquité. Les Grecs semblent ressentir la fierté populaire de descendre de si hautes lignées. Athéna, Socrate, Pythagore, d'avoir côtoyé de si près de belles pierres et de belles idées. Exactement comme chez nous, en Éthiopie, où derrière leurs charrues de bois nos paysans se voient bien assortis à la civilisation aksoumite, le royaume de Saba, tu connais...

— Et les statues antiques...

— ... Que j'apprécie tant, comme tu sais. J'ai lu sans lassitude les contes mythologiques : Ariane, Thésée, le minotaure... J'étais fervente d'Homère. Vivre dans un pays qui a souhaité une pareille famille de dieux et déesses, et qui a imaginé tous leurs brouillaminis, les élixirs et les gris-gris. Ces sagas d'amants divins, leurs concubines jalouses, leurs enfants naturels éparpillés dans les traquenards de l'Olympe, c'est surtout ça qui me plaisait. Et les odeurs des figuiers, la terre sèche un peu rougeâtre, je nous voyais à l'aise. Le bleu et blanc des maisons, bien évidemment. On s'est beaucoup chamaillés pour rien. »

Tirunesh se tut, comme étonnée par sa tirade.

« Pas sûr. Rien n'est définitif, avec un peu de chance... »

En même temps que Frédéric prononçait ces mots, il les regrettait. D'un sourire, Tirunesh lui montra qu'elle ne lui en voulait pas.

« Si, l'argent du ticket d'un si long voyage s'est envolé. La chance aussi est passée et c'est bien elle qui décide.

— Tout de même, avec...

— Non. La chance a tendu la main à Ayanleh, il l'a échappée un trop beau matin à Pékin. Pour nous, les Africains, c'est délicat de lui tenir la main très longtemps. C'est mission impossible de la rattraper. »

Deux enfants franchirent le portail, un cartable dans le dos, et, à la vue de Frédéric, se précipitèrent sur lui, bras tendus, pour être le premier à le saluer en français.

Un jour, il les emmena dans un cinéma en plein air où l'on projetait une comédie musicale de Bollywood, puis à la pâtisserie, pour se remettre de leurs émotions. Il se risqua à les interroger sur leur père. À questions discrètes réponses prudentes, les enfants lui apprirent néanmoins qu'Ayanleh vivait dans la maison, qu'il partait tôt le matin pour son travail, qu'il ne racontait plus d'histoires, qu'il ne jouait plus tous les soirs avec eux comme à Paris, mais qu'il n'était jamais grondant. Ils lui transmirent une invitation de la grand-mère à partager le repas.

Un début d'après-midi de chaleur brûlante, sans un souffle de vent, il fut accueilli par les enfants devant le portail. Des femmes s'étaient allongées sous un palmier, les chèvres somnolaient dans la douceur de la terre humide autour du robinet. La grand-mère, vêtue d'un sari brodé, serrant les deux mains de Frédéric, lui souhaita la bienvenue et engagea avec lui une conversation en un français précieux et un brin traînant. Plus tard, quand il lui demanderait qui lui avait enseigné ce français-là, elle lui répondrait qu'elle l'avait étudié, tout au long de sa scolarité, à la lecture de trois livres : *Une saison en enfer*, *Les Misérables* et *Le Rouge et le Noir*.

Un tapis fut déroulé dans le coin le plus ombragé de la cour. Tirunesh apporta une appétissante *injera* et tendit une unique fourchette, en fer-blanc, un peu tordue, à l'invité, qui fit rire tout le monde. Frédéric savoura pour la première fois le ragoût de chameau et le thé à la girofle et, à sa grande surprise, apprit qu'en Éthiopie les chrétiens, comme les juifs pratiquants, ne mêlent jamais la viande et le lait dans un même repas et proscrivent le porc dans la marmite, ainsi que le font les musulmans. Ils mangèrent dans la torpeur qui était parvenue à clore le bec à une colonie de tisserins dont le nid globuleux pendait atone sur la branche d'un tamarin.

Après le repas, chacun à son tour prit la parole. Tirunesh commença par décrire à Frédéric le gigantesque marché du khat d'Alemaya, ramifié dans toutes les rues, animé jour et nuit, d'où fonçaient tous les soirs les camions qui allaient remplir les soutes des avions, à destination d'Addis-Abeba, Djibouti, Aden, les caravanes les relayant vers les villages du désert. La grand-mère questionna en détail Frédéric sur Jérusalem. Il leur exposa les terribles guérillas entre toutes les factions ennemies de la chrétienté pour les conquêtes de chaque centimètre carré de la nef du Saint-Sépulcre, décrivit le panorama biblique qui s'offre depuis le mont des Oliviers sur les collines peuplées de camps de bédouins et de troupeaux de chameaux; puis la fantastique descente vers la vallée de Jéricho, le monastère Saint-Georges accroché dans le vide sur une falaise, que se partagent des ermites hirsutes, une relique de Jésus et une congrégation de pies grièches à bustier rose.

Les enfants s'étaient endormis, puis la grand-mère se recroquevilla à son tour sur un pagne étalé. Les chèvres clignaient seulement des yeux, trop préoccupées de leur respiration laborieuse pour oser s'assoupir.

16

À compter de ce jour, Frédéric retrouva la grand-mère chaque fois qu'il alla frapper au portail. Le plus souvent assise sur le bord de sa véranda, elle observait la cour, ou vaquait dans le cabanon de cuisine. Parfois endormie, elle reposait sur une natte n'importe où dans un renfoncement de la cour, à l'ombre d'un arbre, avec ses souvenirs d'un autre âge. Il se prit d'affection pour cette silhouette fluette qu'elle enveloppait d'invraisemblables étoffes, dos un peu voûté, visage toujours amène et souriant qui s'égayait de mimiques facétieuses, et s'attacha à sa façon d'aller en traînant ses pieds nus lorsqu'elle disparaissait dans la rue.

Aussitôt qu'elle apercevait Frédéric à l'entrée, elle interrompait tout, frappant dans ses mains pour le féliciter ou se féliciter de sa venue ; elle lui lançait de joyeuses exclamations de bienvenue en français, l'installait sous un arbre avec un café et s'en retournait. Elle gouvernait sa cour sans paroles rudes, au rythme de la cuisson des deux marmites quotidiennes et des balayages du sol sans cesse renouvelés dans une lutte inflexible contre le vent qui répandait le sable. Elle avait adopté deux filles de la rue qui se relayaient au balai, ouvert son robinet d'eau aux femmes des campements alentour, qui profitaient aussi de la bienveillance des arbres dans l'après-midi. Elle taquinait les enfants ou engageait avec eux des conversations en français au cours desquelles se faisaient écho Paris et Djibouti. Dès qu'apparaissait Tirunesh, elle la couvait d'un regard affectueux, à la fois complice et admiratif.

Dans l'apaisement du crépuscule, elle se parait d'un collier d'ambre, se couvrait d'un *diri* rose et s'asseyait sur une natte étalée par les filles, accroupie sur ses talons ou adossée à un tronc. Elle envoyait une fille acheter un bouquet de feuilles de khat, qu'elle offrait à la ronde et se mettait à mâchouiller avec indolence jusque dans la nuit.

Elle appréciait de plus en plus de bavarder avec Frédéric. Pour le plus grand plaisir de ce dernier, elle racontait les superbes paquebots du canal de Suez, leurs sirènes que l'on identifiait au premier coup, le *Félix-Roussel*, le *Pierre-Loti*, qui ne manquaient jamais d'accoster à Djibouti lorsqu'ils naviguaient vers l'Indochine ou Madagascar. Comment les gens s'attroupaient sur les quais pour observer les tankers géants et les cargos qui déversaient sur le port les épices et les pierres d'Oman, l'or d'Arabie, les tapis d'Iran. L'agitation, les bruits de sabots sur les pavés, lorsque débarquaient des containers de fusils Berthier, puis des kalachnikovs, que les caravanes emportaient par-delà les dunes en même temps que les blocs de sel du lac Assal. Il semblait que la grand-mère avait passé son enfance sur les quais. À guetter les flottes de la Seconde Guerre mondiale, le terrible cuirassé *Richelieu*, ces navires gris et noir qui voguaient en escadre, les revues en fanfare de la 13e Brigade des Légionnaires depuis Le Marabout jusqu'au Fort Monclar, les fantômes invisibles des bateaux britanniques du tragique blocus et la grande famine qu'ils provoquèrent. Un jour où ils parlaient des incessantes guerres éthiopiennes aux frontières, alors que Frédéric s'étonnait de la pérennité de ces tranchées sur des terres arides, sans pétrole ni minéraux souterrains pour affoler les chefs de guerre, la grand-mère lui répondit :

« Franchissez les territoires arides, traversez le désert au-delà de l'Érythrée, Djibouti, Somalie et vous verrez.

— Je verrai quoi ?

— Les lagons, la mer infinie, l'eau qui scintille. Plus enrichissante que le pétrole d'Arabie.

— Et vous pensez qu'ils se battront jusqu'à toucher l'eau ? C'est trop tard, ces frontières ont été dessinées par l'homme blanc, il n'autorisera plus les Éthiopiens à s'en mêler. L'homme blanc tient à son sommeil, c'est peut-être même son principal souci.

— L'Éthiopien, dans ses déserts, il n'a pas été domestiqué par le Blanc comme d'autres Africains. Comme nous les Djiboutiens, par exemple, qui sommes devenus très bien apprivoisés. Alors il n'a pas appris la bonne leçon sur la paix et ne sait pas s'arrêter de guerroyer. »

Ils rirent. Elle parlait de Cosette, qui avait fait pleurer les filles de sa classe comme des fontaines, de Jean Valjean dont la bonté herculéenne les avait si fortement impressionnées, du terrible inspecteur Javert. Elle voulait tout savoir sur Frédéric, son village en France, ses parents, ses compagnes, ne cessait de le taquiner et le harceler, en vain, au sujet de tous les enfants qu'il avait essaimés, en était-elle persuadée, au cours de ses voyages.

« Vous, pourquoi n'êtes-vous jamais retournée à Djibouti ? lui demanda-t-il un soir. Un coup d'autocar ou de train, au moins pour visiter la famille, respirer le bon air torride du pays.

— C'est mon mari qui me l'interdisait. Il disait que les miens ne me laisseraient jamais repartir.

— Dis-lui le vrai motif, intervint Tirunesh.

— Je crois qu'il n'a jamais payé la bonne totalité de la dot. Il n'était que cheminot deuxième rang. »

Elle retraça son arrivée à Diredaoua si fleurie, la guerre d'Ogaden qui surgit tel le vent dans le désert; le cortège du Négus, acclamé sur son cheval blanc, l'impératrice Menem et la princesse Tenagnework sur le cuir blanc de leur Buick décapotable à travers les avenues bordées de lauriers et de jacarandas.

« Mais son moment de pâmoison, ce ne fut pas la visite de l'empereur, précisa Tirunesh, enjouée, mais celle de...

— De qui ? » Frédéric se tourna vers la grand-mère, les sourcils froncés.

« Abebe Bikila.

— Il a couru à Jijiga ?

— Certes non, ses poumons auraient brûlé dans l'air suffocant. Mais il a stoppé ici pendant sa tournée triomphale des Olympiques de Rome. Il a tiré derrière lui un cortège considérable dans la ville en liesse, ce furent d'éclatantes cérémonies, les guerriers paradaient en costumes historiques, les écolières lançaient des fleurs et des compliments, les cloches sonnaient. Ce jour, j'ai chanté pour lui à l'église.

— Et vous l'avez souvent vu courir ?

— Vu ? Pas une seule fois. On l'écoutait à la radio. Pendant huit années, on s'est assemblés en petite foule autour du poste de radio à chacune de ses courses, on n'osait mot dire de peur de manquer un détail, sauf dans le dernier tour, évidemment, il y en a qui pleuraient ou priaient, il y en a qui riaient. »

17

Dans la plaine de Jijiga, au moment où le vent, solidaire du soleil qui teinte d'orange l'horizon, s'apaise lui aussi, un triporteur emmenait Frédéric au milieu d'une file de camions. En provenance du Hararghe, ces camions chargés de feuillages de khat soubresautaient sur les monticules de terre, se heurtant aux souches, klaxonnant derrière les carrioles à plateaux qui suivaient la même direction, sans impressionner les ânes qui les tiraient au trot.

Une rangée de balances à bascule marquait l'arrêt des cortèges en travers d'une petite palmeraie. Près de leurs triporteurs, les chauffeurs jouaient aux dominos en mâchonnant, dans l'attente des commerçants qu'ils avaient amenés. C'est ici que se négociaient tous les jours les cargaisons de khat, dépoussiérées, emballées en bouquets et vendues dans le bazar ou à la criée aux carrefours.

Frédéric aimait l'ambiance fébrile de ces tractations, théâtrales, jamais agressives. Toutefois, il ne s'arrêta pas cette fois, poursuivant cent mètres plus loin, jusqu'à un second marché, celui de l'encens. Il s'y rendait sur le conseil insistant de l'ancien champion de cross-country. Plus modeste, ce marché des parfums se tenait entre des tamarins ombreux, encerclés de carrioles. Certains ânes se morfondaient, stoïques et attelés ; d'autres, plus chanceux, profitaient de leur liberté pour mâchonner les buissons ou se flairer le naseau. Des chameaux qui venaient de traverser l'étendue de pierrailles blanchies par le soleil et le sel, en provenance de Shebele, Dugu, Horefedi et d'une multitude d'oasis, somnolaient ou humaient la nuit, posés sur leurs pattes pliées, leurs longs cils battant lentement la mesure du repos. Une courte distance séparait les deux marchés parce que, dans la nuit, ces chameaux qui débarquaient l'encens à l'un se chargeaient du khat à l'autre avant de repartir vers leurs destinations.

Près d'un brasero, silencieuse, une femme proposait du café. Frédéric l'en remercia et se mit à observer dans le branle-bas des caravanes la résine d'encens, les régimes de dattes et de jarres que l'on déballait. C'est alors qu'il reconnut Ayanleh. Coiffé d'une casquette de baseball, une veste en tweed sur les épaules, un chèche enroulé au cou, il se tenait appuyé sur une canne et guidait l'arrivée de chameaux. Il héla de la main une carriole, y fit entreposer des boules de résine d'encens à peine déchargées, aida les garçons à délivrer les chameaux de leurs coussins de bât. À le regarder se mouvoir d'une bête à l'autre d'un pas saccadé, Frédéric comprit que son genou gauche ne fléchissait plus. Il se dirigea vers lui.

« Bonjour ! Je suis un journaliste français, nous nous sommes rencontrés sur le...

— Ah, Frédéric ! Tirunesh m'a lancé la nouvelle de votre arrivée depuis des jours. Vous vous plaisez donc toujours à Jijiga, vous êtes très bien accoutumé à la chaleur. Vous semblez bien connaître nos habitudes aussi, pour mener vos pas comme ce soir, si loin de la ville, si près des ténèbres. »

Frédéric retrouva le timbre doux de sa voix qui l'avait étonné lors de leur première rencontre. Hormis peut-être des cernes sous les yeux, aucune marque de tourment ne se lisait sur son visage, en tout cas dans la lumière déclinante. La fine moustache avait été rasée, mais se distinguait toujours ce grand front lisse qui renvoyait aux images anciennes d'Abyssinie, ce nez aquilin, ce sourire gentil. Sa canne semblait sculptée de motifs naïfs. Un ouvrage d'enfant, supposa Frédéric. Ayanleh se remit à donner un coup de main aux garçons pour débarrasser les animaux de leurs harnachements et prit le temps de nettoyer les sabots de chacun à l'aide de lichen de palmier, puis il fit emporter les bâts sous un arbre tandis qu'un garçon poussait les chameaux devant lui vers un troupeau de bêtes désœuvrées.

D'abord orangée, la demi-boule du solcil ourlait maintenant de gris-rose la crête des dunes, enveloppant d'un halo les vestiges brisés des cheminées de basalte et les pyramides dans la plaine. L'heure de la mélancolie venait de passer. Les ânes déclenchèrent un concert de hi-han, sans doute pour décréter la fin d'une journée de labeur. Les derniers camions rebroussaient chemin sans la moindre attention pour les fondrières, vers la grande route du Hararghe. Ayanleh, assis sur une pierre, sirotait son café.

« Ces chameaux viennent d'où ? De loin ?

— Teferi Ber, une palmeraie appelée comme ça, tout droit, là-bas. »

Ayanleh tendit son bras vers l'étendue obscurcie que l'on devinait.

« Pas loin de Wajale, où tu t'es rendu, m'a-t-on dit.

— Vers la Somalie ? La piste n'est pas dangereuse ?

— Pour ce commerce, la guerre n'est jamais trop risquante.

— Encens, j'ai senti. Quoi d'autre ? Des dattes ?

— Des dattes, de la myrrhe ; ce peut être aussi la laine des moutons, ce que les saisons proposent. Ou ce que ne peuvent plus transporter les camions de Somalie si la guerre accapare l'essence.

— Tu en es content ?

— Content ? Pourquoi ne pas l'être ? Ça s'est bien présenté ainsi. Oui, les chameaux, c'est bon, ils avancent sans se soucier du sable. »

Un gamin passa avec un bouquet de feuillage de khat, Ayanleh le prit et se tut.

Les hommes mâchouillaient les feuilles, installés sur des couvertures ; ils n'éprouvaient plus l'envie de bavarder, sauf par bribes de phrases monocordes, comme pour scander un calme savoureux. La dame attisait son feu sous la cafetière et tendait les tasses sur un simple signe de la main. Ayanleh regardait loin devant lui. Frédéric n'était pas gêné par le silence, qu'il rompit néanmoins :

« Tu aimes les chameaux ?

— Bon. Je n'étais pas accoutumé à eux. Dans le Tigré, ils sont inconnus. Ce ne sont pas des animaux de chrétiens. Dans mon village natal, on ne les voit que sur les photos des livres scolaires. Toutefois, ce sont des animaux très posés. Ils savent attendre, mais ils n'attendent rien, ils fatiguent très lentement sans jamais connaître l'épuisement. Ils ne pensent jamais à s'évader.

— C'est-à-dire ?

— Ils savent bien qu'ils sont nés dans la poussière et ils vont sans limite dans le désert. Ils ne s'égarent jamais dans les risées des dunes. Ils savent que le mauvais sort se perdrait à les y chercher. Ils ne peuvent se rassasier de l'immensité qui se propose à leurs yeux. Ils ne craignent rien sauf la terrible tempête de sable, mais qui ne la craindrait pas ? Les chameaux, ils se sentent supérieurs dans le sable, et ils se montrent en paix avec eux-mêmes. Ils voyagent à des semaines de marche, mais pour eux, le plus lointain est toujours chez eux. Ils ignorent la gourmandise, ils ne sont pas rongés par la convoitise comme les autres. Voilà bien leur secret, pourquoi ils paradent, très calmes. »

Ayanleh regardait les ténèbres sans aucune solennité, l'attention parfois attirée par les blatèrements du troupeau qui s'était éparpillé au gré des arbustes à brouter avant l'heure du départ. Pense-t-il souvent au marathon ? se demanda Frédéric. Aime-t-il revivre l'effervescence du peloton. Se souvenir de l'euphorie entretenue par l'ahan rythmé de l'effort, la puissance de l'accélération ou la jouissance de la solitude en tête du peloton ? La transpiration sur la peau rafraîchie par le souffle de l'air lui manque-t-elle ? Pense-t-il à ce public joyeux sur quarante-deux kilomètres ? Ou se remémore-t-il parfois la chaise roulante dans laquelle s'étiola Abebe Bikila jusqu'à sa fin pathétique ? Se sent-il exclu aujourd'hui ? Que pourrait-il dire de cette exclusion ? Frédéric n'osa ni l'interroger là-dessus, ni évoquer Hanna. Il semblait s'être si éloigné.

L'impression de détachement que Frédéric avait lu sur le visage d'Ayanleh tout à l'heure le saisit plus fortement. Peut-être ne pense-t-il plus ou presque plus au marathon, est-il absorbé par des souvenirs de la guerre à l'horizon de la plaine assombrie ? Mais alors, peut-être que ce calme dissimule autre chose ? Songet-il au martèlement obsédant des obus, aux cris des brancardiers ? Au vertigineux engourdissement de la blessure qui vous laisse un instant hébété? À la douleur qui devient de plus en plus lancinante et précède ce moment d'intense lucidité lorsque la vie est en train de basculer ? À l'abandon dans lequel il crut se retrouver, à l'idée de renonciations ? Pense-t-il à des tanks, des fracas et à la désolation à venir du fond de cette nuit ? À la guerre qui pourrait fuser dans le désert jusqu'à Jijiga, jusqu'à Tirunesh...

La brise soufflait des senteurs d'encens. Elle avait brassé tellement de chaleur dans la journée que la tombée du froid nocturne en était retardée. Des ombres de gamins se répandaient parmi les animaux, traînant des sacs de jute afin de collecter, grâce à leurs yeux de lynx, les bouses à brûler dans les braseros. D'étranges ricanements résonnèrent, se voulant menaçants, qui surprirent Frédéric et firent rire les hommes.

Il repéra l'étoile de Sirius, la plus brillante, et reconstitua le tracé de la constellation du Grand Chien. Parfois une nappe de nuages éteignait le ciel et obscurcissait la plaine, mais très vite les étoiles rallumaient la lueur bleutée de l'air dans laquelle se découpaient des silhouettes. Celles des arbres, si esseulés et accablés dans l'incandescence poussiéreuse de la journée, respiraient à présent la sérénité. Le désert n'était jamais apparu si familier à Frédéric, ni si sympathique. Il se surprit à contempler son immensité, ses ombres fantomatiques et infinies, sans fascination. Pour la première fois, depuis des années qu'il y voyageait, il ne s'y sentit pas plus étranger que ses habitants. Il se retint d'en parler avec Ayanleh. Il ne se décidait pas à faire le premier mouvement pour se lever et s'en aller ; parce qu'il ne trouvait pas les mots à dire à Ayanleh en partant. Il se sentait très bien là, à regarder la nuit comme les autres, avec l'impression que sa présence ne gênait pas Ayanleh, ni les hommes autour, dont il écoutait les murmures intermittents.

18

Coca-Cola, avec paille pour toute l'assemblée, assise en rangs par terre devant le poste de télévision.

En début de soirée, Frédéric avait débauché une meute de gamins dans la cour de Tirunesh pour les emmener à son hôtel assister, devant le grand écran du hall, au Meeting Golden Stars d'athlétisme de Zurich. Nul besoin de réclamer le calme lorsque apparurent enfin les premières images du stade. On chuchota chaque fois que la gracile Blanka Vlašić s'enroula autour de sa barre à deux mètres ; on rit aux pitreries de Usain Bolt à l'issue du cent mètres, on chahuta les Kényans du trois mille mètres steeple, sans toutefois jamais perdre sa concentration dans l'attente. Et lorsque, toutes de vert et rouge vêtues, Meseret Defar, Tirunesh Dibaba et Meselech Melkamu, les reines ennemies du cinq mille mètres, s'avancèrent sur la ligne de départ au milieu de leurs rivales, une chaîne de coups de coude marqua le début d'un silence si intense qu'il alerta des clients de l'hôtel qui, de la tonnelle où ils prenaient le frais sous un ficus, vinrent à leur tour s'asseoir face au poste.

Frédéric se félicitait de son initiative. D'autant plus que cette soirée avait mal débuté, à la suite d'un appel assez déprimant reçu en route vers l'hôtel. C'était son copain Erwan de *L'Équipe*, sur son portable.

« Eh, devine où tu m'as joint ? le prévint Frédéric. À Jijiga, dans l'Ogaden, en Éthiopie.

— Et devine d'où, moi, je t'appelle ? lui rétorqua Erwan. De Lausanne, au bord du lac, un verre de fendant glacé à la main. C'est pas la classe, tout ça ?

— Donc, tu t'es gouré de gare, puisque le meeting d'athlé est à Zurich, même ici on le sait.

— Non, je ne suis pas venu pour ça. Je suis là pour couvrir la session plénière du comité olympique dont, je n'en doute pas une seconde, tout le monde doit parler au bivouac dans ton Ogaden. Blague à part, mon coup de fil n'est pas sans lien avec...

— Tiens ! Je t'écoute.

— J'ai dîné hier avec Dick Pound. Il est, comme tu l'ignores, le big boss de l'antidopage au comité. Je l'ai interpellé au sujet d'Ayanleh Makeda et lui ai rapporté l'histoire telle que tu me l'as racontée. Ça l'a secoué. Véridique. Il a réagi très positif, je crois qu'ils se sentent mal à cause de la façon dont l'affaire a été bâchée. Cette crise de malaria les embrouille rétrospectivement. Ils ont dû se rancarder sur la maladie, les épidémies et tout le tintouin. En plus, l'expulsion d'un champion olympique comme un vulgaire sans-papiers, ça fait tache dans ce monde édifiant de l'olympisme, surtout que les voix africaines pèsent lourd aux élections. Bon, ils ne reviendront pas sur une suspension d'Ayanleh. Mais s'il contacte Dick Pound, et je vais te donner son e-mail, ce dernier va l'écouter, parce qu'ils sont tous sur la même longueur d'onde. À demi-mot, il m'a dit qu'ils voudraient qu'Ayanleh puisse recourir dans pas trop longtemps. Et ils ne lui retireraient que sa médaille d'or de Pékin, pas les autres. À son âge...

— Recourir, tu oublies... Il s'est pris une volée d'éclats d'obus dans la jambe.

— Des éclats dans la... Oh ! Oh Bon Dieu, il... connerie!... »

Il y eut un silence, car Frédéric fut surpris du choc et de l'émotion ressentis par Erwan. Celuici reprit :

« Quelle histoire incroyable ! Tu vas l'écrire ? Non, je te vois mal, s'il... Tu ne vas pas lui imposer ça en plus. Quelle honte. J'imagine que tu vas lui foutre la paix, vouloir préserver son souvenir, je veux dire sa foulée, quand il courait à Pékin. C'est ce qu'on lui doit... C'est...

— Tu imagines très bien. »

Quatre triporteurs attendaient devant le porche de l'hôtel la petite troupe de gamins, qui sortirent très excités. Ils discutaient et s'interrompaient et vivaient les courses auxquelles ils venaient d'assister ; et les prochaines dans la foulée, inspirés et lyriques, et si Frédéric ne les avait sommés de monter dans les taxis, ils seraient partis au sprint dans les ténèbres sur la route de la maison.

Une demi-lune veillait sur la cour assoupie. Deux lampes à pétrole projetaient une jolie lumière sur la véranda, où Tirunesh et la grand-mère, toutes deux adossées à des piliers, face à face, jambes allongées, leurs doigts de pieds se touchant et se chatouillant de temps à autre, bavardaient dans le calme de la nuit. Après dispersion des gamins, elles invitèrent Frédéric à s'asseoir. Il laissa s'achever leur conversation. Ils écoutèrent un long moment les hi-han des ânes insomniaques qui se comptaient dans le quartier, le béguètement de quelques chèvres indisposées par des ricanements plutôt inquiétants et, au loin, un très doux hululement.

« Où en est la nuit ? chuchota Tirunesh.

— Pardon ? répondit Frédéric, sorti de sa rêverie.

— “Sentinelle, où en est la nuit ?” La Sentinelle : “Le matin va venir et de nouveau la nuit.” Isaïe, chapitre vingt et un, le père Ionas aimait le citer. »

Frédéric raconta le coup de téléphone d'Erwan, attendit une réaction qui ne vint ni de l'une ni de l'autre. Aucune question, aucune réflexion, comme si elles n'avaient rien entendu. Il demanda que dire ou comment l'expliquer à Ayanleh.

« Rien à expliquer, répondit Tirunesh.

— Du tout ?

— À quoi bon braiser les regrets ? Il faut désormais laisser son âme en repos.

— Vous pensez que seul le silence peut l'y aider ?

— Courir était son don. L'esprit de la course le poussait depuis la petite enfance. Il l'a emmené très loin, où il a trébuché. Ce pourrait être risquant de revenir sur ses pas par de mauvaises pensées.

— Emmené trop loin, chez nous, les Blancs ? »

Tirunesh détourna les yeux vers la cour, et répondit :

« En tout cas, dans un traquenard où guettaient des malveillances étrangères.

— J'ose vous poser cette question. Vous en voulez aux Blancs, pour ce qui est arrivé à Ayanleh ?

— En vouloir n'est pas le mot approprié. Les Blancs imposent leurs visions et leurs règles en toute chose, ils manœuvrent le monde pour leur bon plaisir, ils abîment et ils soulagent, ou l'inverse, c'est leur nature. Mais ils n'obligent personne à participer, en tout cas pas aux courses.

— Pour ses médailles, n'est-ce pas dommage ?

— Ses médailles, le comité olympique ne va pas les lui reprendre parce qu'il les a déjà vendues sur Facebook, avant de supprimer sa page, dit en riant Tirunesh. C'est même ainsi qu'il a acheté ses deux derniers chameaux.

— La fierté, l'Histoire... Plus tard, les enfants...

— La fierté, c'était de courir comme avant lui des générations d'ancêtres, de perpétuer une tradition d'importance, de se frayer un passage d'une allure très remarquable dans l'Histoire des marathons. Oui, de courir. »

Après une longue hésitation, Frédéric demanda :

« Au risque d'être indiscret, il en parle, quelquefois ?

— Lui, jamais. Moi non plus. Personne ici. Un célèbre reporter du *New York Times* et son collègue de *Sports Illustrated* ont fait le voyage depuis l'Amérique quand ils ont su pour les médailles. Ils étaient même accompagnés d'un photographe. Ils se sont montrés amicaux. Ayanleh les a bien accueillis, il leur a offert les trois cafés de l'hospitalité, ils ont écouté de la musique indigène à un mariage, ont mangé l'*injera* dans le plat des nomades, il les a emmenés dormir dans le lointain désert en camionnette, mais sans un mot là-dessus.

— Les enfants ne demandent vraiment rien ?

— Pas à nous, en tout cas. Ici, en Éthiopie, les enfants trouvent tout seuls certaines choses qu'ils doivent savoir. Mais, c'est ton métier, pas le nôtre, de faire parler les gens. »

Les deux femmes rirent.

« Tout de même, une simple crise de malaria... », marmonna Frédéric pour lui-même.

C'est la grand-mère qui répondit :

« De simples crises de malaria, comme tu dis, Dieu nous en garde toujours en fardeau, à nous, les Africains. S'il y a une malédiction, voilà bien la nôtre. N'oublie pas qu'Adam et Ève étaient des Noirs et qu'ils auraient fauté pas loin d'ici, dans la vallée d'Awash. »

Cette fois, ils rirent tous les trois. À la demande de Frédéric, la grand-mère se mit à dépeindre Djibouti, le vent suffocant du khamsin, les vols de beaumarquets melba, la cuisson du riz *skoudhanis* à la bergamote, la route numéro 1 sur laquelle s'enfonçait dans les nuits sans lune la file de camions chargés des mystérieux containers du port, la cabane d'Arthur Rimbaud. Tirunesh écoutait, souriante.

19

Le Tour de France courait à sa fin par-delà les cols des Alpes, aussi burlesque que les précédents. Le sprinter anglais Mark Cavendish l'emporta au sommet des vingt et un lacets de l'Alpe-d'Huez, devançant d'une dizaine de minutes, roues dans les roues et langues pendantes, Lance Armstrong et Alberto Contador, puis, derrière, tous les grimpeurs zigzaguant à la dérive. Cela rappelait le temps où Freddy Martens, sur les pentes du Galibier, moulinant ses énormes jambonneaux de sprinter de kermesse flamande, laissait à l'arrêt Bernard Hinault et les rois ou princes de la montagne, asphyxiés autant par la violence de l'effort que par leur rage impuissante face aux bienfaits du pot belge. Frédéric s'amusa à imaginer les allégories tragi-comiques, tout en insinuations perverses, que ce sprint allait inspirer dans les pages sportives.

Sa jeune voisine, ponctuelle devant son ordinateur sur lequel elle pianotait avec une excitation rieuse, s'en aperçut et lui sourit. À l'évidence, elle aussi s'amusait beaucoup de sa conversation avec son ami Terry, de la Caroline du Nord. Elle échangea avec Frédéric une mimique, complice, radieuse sous son voile noir austère, dont elle ne semblait pas souffrir dans la fournaise de l'après-midi.

Sur le fil de Reuters, il fit défiler des dépêches relatives à la guerre en Afghanistan et à Gaza. Dans sa messagerie, l'attendait un message d'Hanna, intitulé « Grand Ma Lucy ».

« Connais-tu notre aïeule Lucy? Oui, certainement, les journalistes savent tout. Mais, moi, je l'ai découverte il y a peu de temps, par hasard, dans un *Newsweek* qui traînait au spa. Elle est phénoménale ! Elle est canon aussi, limite anorexique déjà, si l'on examine ses mensurations. Je déborde d'amour pour elle. J'ai commandé sur Amazon des biographies d'elle et de tous les hominidés, que je suis en train de dévorer. À Prague, je suis allée au musée des Arts décoratifs pour assister à une reconstitution virtuelle en trois dimensions de ses pérégrinations au sein de sa tribu. On croisait des antilopes et des éléphants dans la savane haute, on sursautait au moindre craquement de branche de peur d'être agressé par un lion ou une panthère aux canines de sabre. C'était génial, cette existence de tribu, surtout les crépuscules à la fraîche devant leurs abris de branchages, autour du mâle dominant qui déjà se la coulait douce. Sais-tu qu'ils faisaient l'amour en position du missionnaire et que les jeunes filles étaient envoyées se marier dans la peuplade voisine afin d'éviter les déficiences de la consanguinité ? C'est probablement en se rendant chez sa belle-famille que Lucy s'est fait surprendre. Elle est morte à vingt ans. L'idée que les savants ignorent pourquoi des gens de sa tribu ont décidé un beau matin de se relever sur leurs deux jambes pour devenir bipèdes me bouleverse. Tu te rends compte que sa tribu fut la première à marcher, et surtout à courir ? Il fallait courir à la vitesse des animaux pour chasser ou fuir. Les anthropologues affirment que Lucy courait plus vite qu'un champion olympique d'aujourd'hui. Pieds nus, sans aucune séance de musculation, sans massages... Peut-être organisaient-ils des courses le dimanche ? Pour une ostéo comme moi, c'est énorme. Je comprends mieux aujourd'hui la superbe un peu mystérieuse des athlètes éthiopiens et kényans à l'Ishim. Ils savent. Ils savent que nous devons à leurs ancêtres aventuriers de ne pas nous épouiller comme des babouins sur les arbres du bois de Vincennes ou du parc Stromovka. Je suis vraiment très émue d'être une “je ne sais combien de fois” arrière-petite-fille d'une femme black si épatante. Tu as peut-être déjà lu cela, car en France vous êtes plus accoutumés à l'Afrique et aux Africains. Mais en Tchéquie, jamais cette origine ne nous est mentionnée, même comme une hypothèse absurde, sauf peut-être aux doctorants en paléontologie. Quand j'ai annoncé à ma mère que nous avions une black grand-mama, elle a rigolé et m'a répondu : "Au moins, maintenant, tu es rassurée, tu sais pourquoi tu as les cheveux noirs et non pas blonds comme tes parents." Nathan m'a mise en vacances. Si je te rejoignais à Addis-Abeba ? J'ai repéré des vols sur Opodo. Nous pourrons visiter le Musée national d'Éthiopie et la terre natale de Lucy dans le désert du Danakil, et nous poursuivrons le pèlerinage chez votre *genius french poet*, ton idole de jeunesse aux chaussures de vent et à la pipe d'argile. Son ancienne maison se situe dans les parages. Là-bas, j'espère que les Éthiopiens ne me reconnaîtront pas... »

Frédéric se demandait parfois comment Hanna vivait sa bourde pharmaceutique. La perspective d'un voyage au Danakil avec elle le ravit, celle de séjourner de temps en temps à Karlovy Vary aussi. La manière de rire d'Hanna, les balades bras dessus bras dessous en rigolant, éméchés dans la nuit... Elle racontait aussi dans son e-mail une bagarre survenue au casino. Les joueurs de Manchester United, bloqués à Karlovy Vary par une nappe de brouillard sur l'aéroport après un match de *Champions's League*, avaient provoqué une bande de Russes, avec pour mobile des adolescentes ouzbeks très jolies et chahuteuses qui, hilares, s'étaient empressées d'asperger d'huile le feu. Énorme bagarre. Nathan Ossipovnitch et ses hommes étaient intervenus à la kazakh, avec en épilogue pas mal de nez et de bois cassés. Hanna allait reprendre par intermittence sa collaboration avec Jan Železný et les hockeyeurs du Sparta. Elle n'en revenait toujours pas que Frédéric et elle se soient côtoyés sans se connaître sur la place Wenceslas de Prague et dans le stade de Pékin, et jubilait à l'idée d'aller dans pas si longtemps, main dans la main, au stade olympique de Londres.

Frédéric avait envisagé cette éventualité de retrouvailles aux Jeux de Londres, une nuit, avec Ayanleh, qui lui avait répondu d'un sourire amusé, sous sa fine moustache. C'était tard dans la nuit, Ayanleh se trouvait posté en faction près d'un convoi de camions à l'arrêt sur la piste. Ils marchèrent dans la caillasse et parlèrent marathon. De temps en temps, l'un s'arrêtait, l'autre l'imitait, alertés par un bruit du désert, puis le crissement de leurs pas reprenait dans la froidure. Frédéric ne quittait pas des yeux le ciel. La voûte céleste était illuminée très basse, les étoiles brillaient presque à portée de pierre. Mais, plus fascinants étaient les bouquets d'étoiles filantes qui fusaient tous azimuts sans répit. Un feu d'artifice silencieux d'étincelles cosmiques, d'illuminations sidérantes qui gribouillaient le bleuté de la nuit.

« Marrant. Nous, nous pourrions nous extasier jusqu'au matin devant ces étoiles filantes, remarqua Frédéric. Une pareille constellation au-dessus de Paris flanquerait tous nos psychanalystes au chômage. Vous, vous n'y faites plus attention. L'indifférence ? La routine ?

— Indifférence, je ne crois pas. La crainte, plutôt. Peut-être que l'une d'elles est notre bonne étoile; "être né sous une bonne étoile", comme vous dites ; l'étoile créée pour bien veiller sur nous. Peut-être que ça nous brûle les nerfs, de la regarder filer si vite. Disparaître. »

Ayanleh sourit. Frédéric apprécia l'élégance de la réponse.

« Vous vous êtes senti trahi par la chance, le destin ?

— Qui peut se sentir trahi par le destin ? Ce serait être trahi par la vie. C'est impensable, car la vie est bien là, il faut bien suivre comme elle décide. Trahi par les gens, oui, bien sûr, je l'ai été, mais c'est peu de chose, en tout cas ce n'est pas si grave.

À la sortie du Los Angeles Stars Internet, Frédéric retrouva sur le trottoir Seyoum, le champion de cross-country et son partenaire. Leurs doigts faisaient claquer les pions d'un jeu.

« Alors, les affaires vont comme vous le souhaitez, à Wajale ? taquina Frédéric.

— Les affaires ne vont plus comme jadis, soupira le *crossman*. Les guerres se montrent désormais trop hasardeuses et les humanitaires nous tatillonnent. Cependant, les réfugiés ne manquent pas cette année, on va se débrouiller. »

Frédéric prit un siège à leurs côtés et se mit à regarder avec eux le va-et-vient de la rue.

20

En fin d'après-midi, quand la brise se décidait à souffler sur l'air torride, s'il ne l'avait pas fait avant, Frédéric passait souvent dans la cour finir la journée. Tirunesh le savait et fit seulement semblant d'être surprise de le voir approcher dans la rue tandis qu'elle patientait près du portail.

« Tiens, tu es là. Accompagne-moi, on va marcher ensemble. »

Frédéric obtempéra d'un « Oui, M'dame », Tirunesh prit la rue à gauche, tournant le dos au brouhaha du bazar. La vaste rue terreuse commençait à émerger de sa torpeur. Des hommes sortaient sur les bas-côtés des tables et des boîtes de pions. D'autres, leurs machines à coudre, ou seulement les chaises, qu'ils calaient contre le mur pour observer les allées et venues de leurs congénères. Des femmes revenaient du puits avec des bassines de linge sur la tête. Derrière, des fillettes raidissaient le dos sous des jerricans d'eau. Des gamins, les bras chargés de feuillages, allaient de leurs cris « khaa-at, khaa-at » et, devant chaque client, posaient à terre leurs emballages pour lui permettre un choix vétilleux, empochaient la monnaie et reprenaient leur démarchage.

À hauteur d'un terrain vague, Frédéric reconnut son adolescente voisine du Los Angeles Stars Internet. Elle brisait des brindilles sur un feu naissant. Autour, quatre tentes rondes et coiffées de patchworks de tissu constituaient son campement. Des chameaux harnachés avec les mêmes tissus multicolores mâchonnaient. Elle répondit aux signes de Frédéric par un geste sémaphorique du bras et son sourire radieux illumina son visage. Frédéric raconta à Tirunesh sa correspondance e-mail avec son copain Terry, et son projet secret de le rejoindre là-bas, à Greensboro, Caroline du Nord.

« Pourquoi les Africains rêvent-ils tous de partir ? demanda Frédéric. S'ils aimaient plus l'Afrique, l'Afrique le leur rendrait, non ? »

Il se retint de développer son idée.

« Ils l'aiment quand même, mais avec un cœur hésitant. S'ils ne l'aimaient pas, l'Afrique se désolerait au plus profond de leur abandon. Beaucoup d'Africains espèrent la quitter, peu rêvent le long voyage chez vous. Mais c'est vrai, beaucoup d'Africains ont peur de l'Afrique. Parce que ici l'avenir est déjà mangé par le présent. Peur de la violence que cela fomente. De la convoitise qui affole les hommes et les pousse au saccage du monde quand ils se voient dépassés.

— Tu crois que cette gamine a peur ?

— Crois-tu que cette fille se fantasme en bimbo d'Amérique ? Non. Et elle ne brûle pas de jeter son destin dans les mains d'étrangers. Elle aime l'Ogaden, ses yeux se sont accoutumés aux dunes, son âme ne se tourmente pas du vent. Les gens du désert savent qu'ils ne perdront jamais leur terre parce que personne d'autre ne l'envie. Mais cette fille a peut-être peur des hommes des campements ou des camions militaires qui passent tous les jours. Des massacres qui se racontent. Rien ne la décourage ici, sauf d'inquiétants présages soufflés depuis l'horizon. La guerre, toujours la guerre, elle l'a entendue murmurer sur les lèvres des adultes depuis sa petite enfance. Et la violence, l'infortune et les convoitises qui lui courent derrière, elles galopent si vite... »

Tirunesh avançait maintenant du pas nonchalant de celle qui flâne avec l'intention de retenir le temps, regardant leurs deux ombres progresser en biais sur la terre dans une lumière plus orangée déjà tournée vers le crépuscule. Fréquemment ils devaient s'écarter sur le bord pour céder le passage aux femmes drapées dans leurs tissus du soir, tenant en longe les chameaux qui apportaient le bois sec des feux.

« Hanna va venir. Elle veut visiter le pays afar

dans le Danakil, plus exactement les sites de fouilles où l'on a trouvé Lucy. Elle s'est prise d'une irrépressible tendresse pour son aïeule. Quand cinquante degrés sans l'ombre d'un arbre à dix kilomètres à la ronde l'auront calmée, on bifurquera vers Harar, s'imbiber le gosier de bières harari, tournicoter dans les ruelles et bien sûr visiter la maison de Rimbaud. Au fait, et si vous veniez nous y rejoindre ? Les enfants, Ayanleh, la grand-mère ? Ça pourrait être marrant de se balader là-bas.

— Un jour, j'emmènerai les enfants à Harar, c'est une affaire de trois heures de minibus. Ils visiteront la maison du poète.

— Tu connais ?

— Arthur Rimbaud ? Ce serait grande honte de ne pas le connaître, pour une francophone. Il s'est choisi une femme harari, il a suivi les caravanes sans découragement. Il est même mort comme un Éthiopien, de l'infection...

— Non, sa maison d'Harar.

— Ah oui, c'est une maison en bois jaune comme les meubles chez vous, trop lustrée pour être vraie. Elle détonne avec les autres maisons en planches noires de l'époque. Mais c'est bon, le récit est très bien exposé sur les murs, c'est rêvant. »

Au bout, la rue débouchait sur une étendue de sable beige caillouteux et qui, derrière les premiers palmiers, se fondait dans l'immensité du désert. Tirunesh tendit sa main vers une sorte de marécage d'immondices déversées par la ville : bidons d'huile, tonnelets de conserve des programmes alimentaires, amas d'épluchures, feuilles de plastique, gadoue... Frédéric fixa son regard sans comprendre, jusqu'à ce qu'il distingue l'approche d'une meute d'hyènes. Fines, tachetées de noir, elles trottaient à petits pas, le corps en travers, encerclant le tas d'immondices comme une proie qu'elles auraient projeté de piéger. De temps à autre, elles fondaient d'un bond espiègle sur les vautours pour leur signifier leur éviction du dîner à venir. Et les vautours sautillaient en arrière, outrés, claquant leurs ailes en guise de vaines menaces de rétorsion.

Les hyènes se montraient sûres d'elles dans la lumière crépusculaire. La mâchoire légèrement pendante, la voix rauque, elles ricanaient, de gourmandise sans doute, ce qui déclenchait en échos successifs les aboiements à la fois ulcérés et apeurés de chiens dans les plus proches quartiers.

Tirunesh proposa un tronc de palmier arraché par le vent pour s'asseoir. Elle désigna, en lisière du faubourg, les derniers cabanons, en parpaings et tôle.

« Au commencement, ma grand-mère habitait le troisième que tu peux voir. Le soir, je sortais de chez elle et je venais lire sur ce tronc. C'était calme, comme maintenant. Elle me regardait. Elle ne s'inquiétait pas, elle ne me criait jamais dessus si je restais seule, un livre sur les genoux. Au contraire, je l'observais qui me regardait, assise devant sa porte, elle souriait. »

Frédéric émit un sifflement.

« Je comprends...

— Tu pourras m'envoyer des livres ?

— Aucun problème, j'ai repéré un Federal Express.

— Des livres d'enfant ?

— Pas de souci, je serai bien content de les choisir.

— Alors, ils arriveront pareils à de bonnes nouvelles. On va rentrer. »

Il ne répondit pas, elle ne bougea pas.

Dans le ciel, des faucons roux se laissaient valdinguer par les rafales de vent, sans qu'elles n'altèrent la sérénité planante de leurs vols, qui ne semblaient avoir d'autre motif que le plaisir de multiplier des ronds plus ou moins concentriques. À l'horizon, les collines commençaient à se couvrir de gris pour la nuit. La plaine de pierrailles noirâtres se préparait à s'enfoncer dans les ténèbres bleutées, des arbres déformés par la sécheresse se résignaient à se draper dans leur solitude, ainsi que les palmiers d'où pendaient des régimes de dattes trop lourds. Tirunesh et Frédéric se mirent à observer un tourbillon de poussière qui louvoyait selon les caprices du vent et faisait fuir des boules d'épineux.

Derrière eux, en ville, résonnèrent d'indécis hi-han solitaires, aussitôt suivis de chœurs de hi-han pour célébrer la fin de la journée. Tirunesh et Frédéric se sourirent.

Un troupeau passa devant eux. Si lent que les animaux avançaient dispersés, tel un corps distendu dans la plaine. Les brebis à laine grasse, ayant sacrifié leur esprit grégaire, marchaient museau baissé et les chèvres, tête fière mais paresseuse ; les chameaux broutaient des arbustes à la sauvette. Les bergers, bâtons posés au repos sur leurs épaules, respectaient cette lenteur. Les ânes, répugnant à la promiscuité, traînaient leurs sabots sur les bords. Un autre troupeau lui succéda, puis un troisième en sens inverse, toujours plus indolent. Les traversaient, en partance des faubourgs de la ville, des caravanes qui ne se formaient pas encore en files impeccables car les hommes, emmitouflés, continuaient à bavarder par petits groupes, comme s'ils retardaient l'instant de regarder l'immensité devant eux, tandis que, de leurs démarches souples, après avoir lâché les longes, les femmes ajustaient les attaches des calebasses sur les flancs des chameaux, qui tanguaient d'avant en arrière, déjà dans le rythme, le cou haut et droit comme toujours en début de trajet, afin de regagner les oasis dans la nuit.

DU MÊME AUTEUR

Aux Éditions Gallimard

OÙ EN EST LA NUIT, roman, 2011 (Folio n° 5432).

Chez d'autres éditeurs

L'AIR DE LA GUERRE, récit, *L'Olivier*, 1994 (prix Décembre 1994).

LA GUERRE AU BORD DU FLEUVE, roman, *L'Olivier*, 1999.

DANS LE NU DE LA VIE. Récits des marais rwandais, *Seuil*, 2000 (prix France Culture 2001).

UNE SAISON DE MACHETTES, récit, *Seuil*, 2003 (prix Femina essai 2003).

LA LIGNE DE FLOTTAISON, roman, *Seuil*, 2005.

LA STRATÉGIE DES ANTILOPES, récit, *Seuil*, 2007 (prix Médicis 2007).

Composition Cmb Graphic
Impression Novoprint
à Barcelone, le 10 mai 2012
Dépôt légal : mai 2012

ISBN 978-2-07-044651-3./Imprimé en Espagne.

239051